海天摘云

卞毓方散文精选集

卞毓方
BIANYUFANG
ZHU
著

山东城市出版传媒集团·济南出版社

图书在版编目(CIP)数据

海天摘云/卞毓方著.—济南:济南出版社,2021.6
ISBN 978－7－5488－4694－9

Ⅰ.①海… Ⅱ.①卞… Ⅲ.①散文集—中国—当代 Ⅳ.①I267

中国版本图书馆 CIP 数据核字(2021)第 101628 号

海天摘云

卞毓方 著

出 版 人	崔 刚
图书策划	田俊林
扉页题字	言恭达
责任编辑	李圣红 董慧慧
装帧设计	八牛·设计
出版发行	济南出版社
地 址	济南市二环南路 1 号
邮 编	250002
印 刷	济南鲁森印务有限公司
成品尺寸	148mm×210mm 32 开
印 张	8
字 数	169 千
版 次	2021 年 6 月第 1 版
印 次	2021 年 6 月第 1 次印刷
书 号	ISBN 978－7－5488－4694－9
定 价	39.00 元

(如有倒页、缺页、白页,请直接与出版社联系调换。联系电话:0531－86131736)

目 录

第一辑 / 美丽没有终点

我有一双隐形的翅膀 / 3

时间之外 / 7

人 物 / 11

雪 冠 / 14

朋 友 / 17

少年沉浮 / 21

想 象 / 25

思 / 28

书斋浮想 / 30

定 格 / 35

美丽没有终点 / 38

与巴菲特共进午餐 / 44

第二辑 / 海天摘云

雨染未名湖 / 51

张家界 / 54

烟云过眼 / 57

海天摘云 / 62

三　峡 / 69

瀑之魂 / 73

给我一点黑——普者黑 / 77

天　籁 / 80

山村音乐会 / 84

泉城听涛 / 89

空　友 / 95

纽约客舍望月 / 98

印度洋上 / 101

泉州帆影 / 106

第三辑 / 南风如水

管窥李政道 / 113

爱因斯坦的脑瓜并不太笨 / 118

南风如水 / 120

北大三老 / 125

毕加索与张大千的"掷花大战" / 131

饶宗颐：一座岛屿 / 133

二十世纪的绝唱 / 139

一角海湾和三挂风帆 / 145

张謇是一方风水 / 150

人生的契机和姿态 / 153

邂逅"潮流逆行者"张炜 / 156

铁心"三农"吴圣堂 / 164

看海明威垂钓 / 169

贝多芬只有一个 / 175

补 偿 / 177

第四辑 / 浪花有脚

哲学的贫困 / 183

书香与气度 / 186

浪花有脚 / 189

如果不能忘掉恨,就把它化成笑 / 192

月·枫·城·声 / 195

境　界 / 200

碑如长剑青天倚 / 202

古籍中的笑 / 208

总有波心一点光 / 210

马克思先生在垂钓 / 219

烛影摇红 / 230

八　哥 / 234

周从尧:数学之缘 / 243

一瞬长于百年 / 248

第一辑

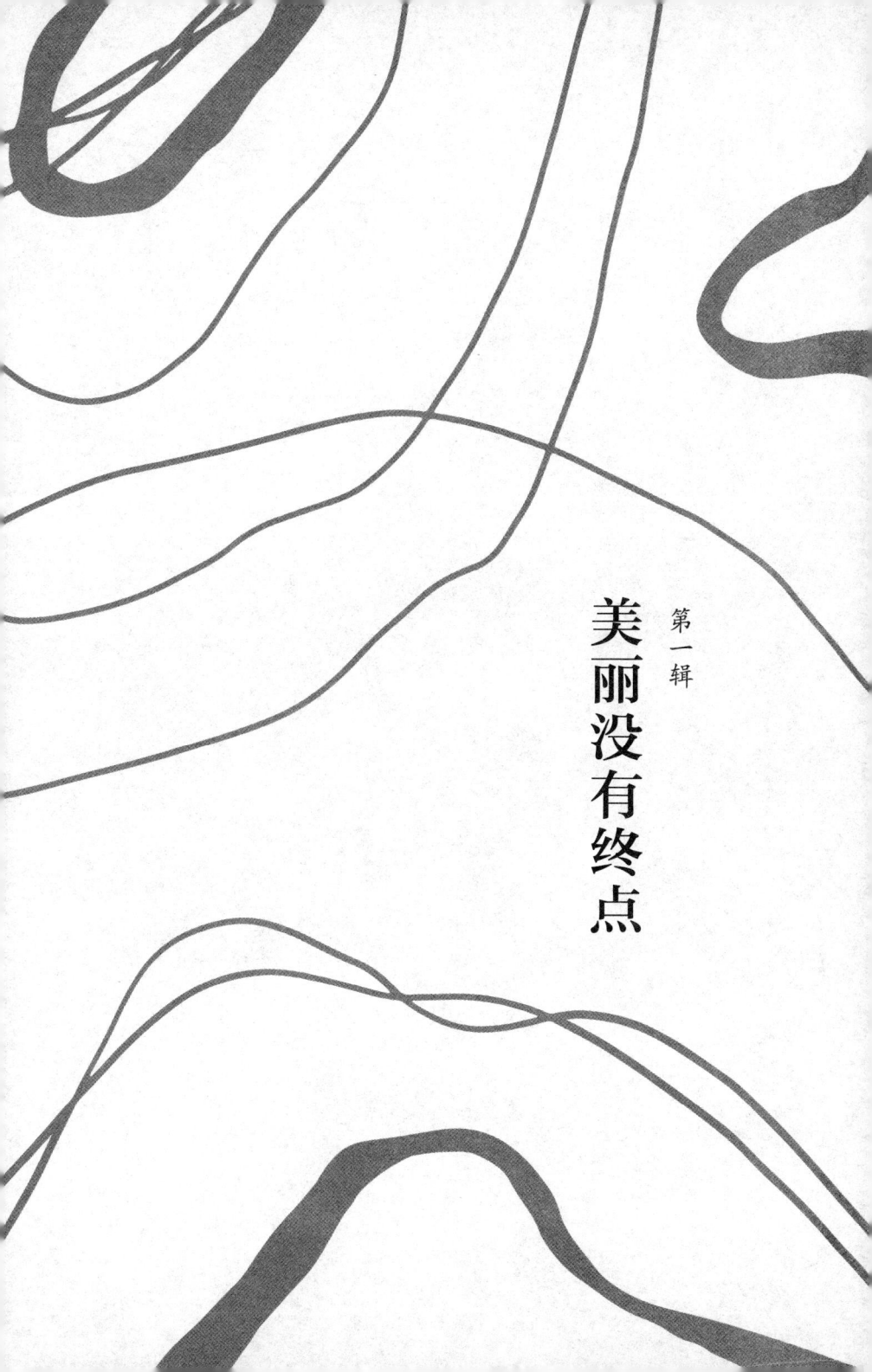

美丽没有终点

我有一双隐形的翅膀

别笑，信不信由你，我说的是实话。亿载前，我来自鸿蒙的宇宙深处。我不是唯一，不是最先，也不是最后。我的生命绝对是一种天方夜谭的奇迹。人类于今探测太空，不过是为了重返久已失却联系的家园。悠悠苍天，莽莽大地，万古乾坤，弹指一瞬。我，一个火辣滚烫的灵魂，借各式不同的假面现身人世，混迹红尘。

——曾记得，5000年外，伏羲犹在黄河岸边排演八卦，女娲犹在大荒山下熔炼补天石，黄帝和蚩尤尚未在涿鹿开战，射日的后羿、奔月的嫦娥也尚未从茫茫人海现身。那时节，我是谁？我又在干什么呢？不瞒你说，我就是那个逐日的夸父。故事你们大家都知道的了：那天太阳在头顶虚晃一枪，匆匆溜向西天，像是要去急着参加谁的葬礼；也就在那一刻，我痛恨起它的无赖、它的奸刁，发誓要把它抓住，钉在蓝天示众。太阳在前头跑，我拔足在后面追。天上的云彩纷纷躲避，地上的峰峦唰唰让路。瞬息千里。瞬息又是千里。追！追！追！追得太阳失魂落魄，一头栽向崦嵫。我一只手已经扯着太阳的光髭，眼看就要把它拽到怀里。这时，我突然感到口干舌燥，五内如焚，七窍生烟。你知道我是太累太累，加上太阳又太热太烫，不得已缩手停步，就地扑向黄河与渭水。黄河入喉一饮而尽,渭水也是一口吸干,而五脏仍然燥热,而嗓子仍然冒烟。今番口渴不同寻常,我擦把汗,又转身奔向大泽。大泽在雁门之北,它的水好宽好广,足够供我畅饮,可惜远水不解近渴,还没等我跑到,体内水分业已蒸发,血液也已灼干。啊,难道是天丧我,天丧我?天罚我毙在追逐的中途?!我大吼一声颓然栽倒,扑地之际,犹狠命向前掷出手杖——那杖落地生根,化作一片悲怆的桃林。

——又记得,2000年外,周礼既崩,秦政方兴,一代封建王朝大张旗鼓地拉开序幕。天涯海角的官员,俯首恭接始皇帝的圣旨;春秋战国各行其是的法律、度量衡、货币、文字,按照统一的规范重新编码。那是大专制的年代,三坟、五典被焚,八索、九丘遭禁。那也是大统一大作为的年代,东纳海疆,西收昆仑,南定百越,北却匈奴,万里长城在胡人胡马的瞳孔前透迤如龙,威严如山。我来了,我从幽冥显影,脱胎于一方青砖。此处长话短叙,孟姜女哭倒长城的故事,你一定听说过吧。问题是,长城既塌,范喜良的尸骸既现,那缺口却怎么也砌不拢,你前脚码上去多少块,后脚又必定垮掉多少块。工匠束手无策,大将蒙恬更是一筹莫展。在这节骨眼上,我托梦给蒙恬,让他亲自动手焙烧一窑新砖,而我,则乘机化为其中最方正厚实的一块。窑砖烧成,蒙恬从中一眼挑出我,率先砌上墙基,崩颓的长城顷刻耸立如初。

——千年外,我托生为什么来着?对不起,记忆在这儿有点紊乱,就像排列错误的电脑文件。哦,等等,想起来了,想起来了,千年前,我是西天取经的唐三藏。大伙甭听《西游记》胡侃,把我编派成神话故事的主角,说什么天差悟空、八戒、沙僧,助我一路成功西行。没有的事!我是凡夫俗子一个,几位徒弟也是常人。当然,《西游记》也遵循了一些基本事实,譬如说我俗姓陈,法名玄奘,又譬如说我是生活在唐初太宗之世。唐太宗你知道的吧,一部二十五史,太宗贞观之治,不啻是繁荣昌盛的代名词。繁荣来自革故鼎新,昌盛催生中外交流,我正是托这种大背景的庇佑,才一步一步地走出国门,走向西域。如果说中国是一匹神骏,我则从西方取来金鞍,好马配上好鞍,快马加鞭,四蹄生风!如果说中国是一株老槐树,我则从西土扦来菩提枝,千年老槐得着菩提的嫁接,越发根须如铁,枝叶如玉!

——百年前,鸦片战争的硝烟方燃,清王朝的大梦未醒,洪秀全的"拜上帝会"犹在暗中酝酿,林则徐正一步三回头,跋涉在流放伊犁的路上……而我,则随一艘英轮漂洋过海,远赴欧洲,化作贝多芬的《英雄交响曲》。你肯定想象不到,想象不到!哈,莫忘了我的灵魂,原本是一朵噼啪燃烧的火焰!什么?不对!让我再想想,再想想。嗯,不是不对,是有过那么一段,短暂,而又轰轰烈烈。贝多芬他老哥真够朋友,而且绝对知音知心。高山永远昂着头,树枝树叶一律向上生长,目随征鸿,手挥五弦,弦上是热烈跳动的音符。

——来生来世,我不愿再成为谁,也不愿再成为别的什么,唯愿,我是一粒自由的元素。在接纳我的这个椭圆的星球,我是展示骄傲美色的大海;在一碧万顷、横无际涯的海面,我是踩着芭蕾节拍的和风;在风里雾里,我是纵情浩荡的鸥鹭;在鸥鹭之上鲲鹏之乡,我是亘古不变的蓝天；在浩浩青冥，我是朗照大千的红日；在阳光如瀑的原野，我是东风第一枝的鲜花；在衣拂美人香的花丛，我是多情自在的蛱蝶，所谓"穿花蛱蝶深深见，点水蜻蜓款款飞""穷巷春风元不到，一双谁遣过墙来""幽人为尔凭窗久，可爱深黄爱浅黄"……

啊，你明白了吗？这一切都源于想象，那是人人得而有之的隐形翅膀。

时间之外

　　中学在小镇的东首，属于近郊，我家在小镇的西首，处于街尾，两地相距六里半。走读，每天来来回回跑四趟。清晨上学，晌午放学，走的是沿小洋河的大路，也是直道。午后上学，傍晚散学，喜欢走小洋河南边曲里拐弯的老街，多走几步路，值得。街角有家邮局，邮局门外，有个报栏。总有老人伸长了脖颈站定了看，我也挤在他们的腋下看，那是我了解国家大事与世界大事的窗口。邮局南面，隔着马路，是新华书店。你若是想让自己的脑袋更充实，胳膊大腿更粗壮，心脏搏动得更有力——这是我日积月累、秘而不宣的体会——就得设法把自己变成它的一部分，或者说把它变成自己的一部分。我午饭后上学途中的大把大把时光，都永远浓缩固化在那里。

　　话说一天午后，我照例泡在书店。伸手从古典小说书架抽出一本《镜花缘》，略为翻得一翻，旋即为一段文字吸引：武则天废唐改周，掌控天下，踌躇满志，得意忘形。时值隆冬，大雪纷飞，她竟然降下一道御旨，着上林苑百花连夜开放。诸花仙无奈，勉强遵命。唯有牡丹仙子因事误了时辰，待东方日出，苑中百花怒放，唯有牡丹光枝秃杈，一朵未开。武后大怒，命人把炭火架在牡丹株旁炙烤，非要把花催出来不可。牡丹仙子急急赶到，花是开了，枝梗却尽被烤成焦黑。

写到这儿，作者李汝珍特意缀了一笔："如今世上所传的枯枝牡丹，淮南下仓最多。无论何时，将其枝梗摘下，放入火内，如干柴一般，登时就可烧着。这个异种，大约就是武则天留的'甘棠遗爱'。"

淮南下仓。古之淮南，包括今之盐城；下仓，即今之便仓。我祖父续修的宗谱说，明初，洪武赶散，吾族的先祖被迫从江南迁往江北，我这一门房的祖宗，第一站，就落脚在便仓。600多年前，祖宗在便仓造下的花园，如今还在，园中有天下奇珍的枯枝牡丹。

李汝珍说，枯枝牡丹是武则天留下的"甘棠遗爱"——这是个生词，我似懂非懂，但我理会，这枯枝牡丹是祖宗留给后代子孙的念想。

故事既然与我的祖宗有关，这书得好好看一看。

全书共一百回，午休能利用的时间，也就四五十分钟，能看个八回十回。四天之后，约莫读完三分之一，那天，离开书店之前，突然多了个心眼：这本书，架上总共一本，假如下午或明天上午被人买走，岂不是就没得看了。一本书，一本于我有特殊意义的书，才看到一小半，就好像一顿美餐刚吃出滋味，碗就被人端走了，多扫兴，多遗憾。怎么办？我灵机一动，没有把书插回书架，而是把它藏在前排书和后排搁板之间的空当。

隔天，准时前往，把书从藏匿处取出。看了没几页，营业员走过来了。这是一位高瘦白净的男子，他指了指我手里的书，说："这本《镜花缘》，我昨天找了一下午都没找到，你是从哪儿拿出来的？"

我指给他看藏匿的地方。

"你为什么要把书藏在那里？"

"因为……"我吞吞吐吐地说，"我喜欢它，怕没读完，被别人买走。"

"但你这样一来就妨碍了我们营业，万一有人要买，不是就买不到了。"

这正是我担心的，我……我……无言以对，面红耳赤。

营业员熟悉我。小镇就这么大，谁不熟悉谁呢。我就晓得他姓殷，他的妹妹、弟弟和我同过学。他晓得不晓得我的名字，难说，但我常来，逢到星期日，有时一待就是一天，他一定印象深刻。

见我无语，营业员突然改变了口气，说："你今天看完就插在书架上吧，万一有人买走，没关系，店里还有一本库存，保证你下次来了有得看。"

我真的很感动。

又花了四天时间，紧赶慢赶，总算把《镜花缘》读完。长舒一口气。我的运气真好，今天刚读完，改天，这书就被他人买走了。此后，也没见补上新书，敢情连库存的那本也卖掉了。

事后——过了很久的事后，我在一位亲戚家做客，偶然碰上了书店的另一位营业员，女的，我从她口里得知，那天上午，在我把《镜花缘》藏起来之前，中学的马老师恰巧也看中了这本书。他犹豫了一下，因为要去教育局开会，打算下午散会再来买。他还要挑其他的书。当他下午来时，怎么也找不到《镜花缘》。"老殷和我都确信没有卖出，那么，难道是被人偷走了？我们知道你在看那本书，也相信你不会偷——这个镇上的学生,数你最用功,哪天你没来看书,我和老殷还会念叨你。第二天,你又来了,手里又捧起《镜花缘》。老殷向你问明了情况,就跟马老师打招呼,让他过几天再来取。"

"殷大哥跟我说,店里还有一本库存的呀。"我问。

她笑笑:"那是骗你,不,安慰你的。"

……

一本《镜花缘》,使我留住了那一代人,那一份自由阅读的空气,那一坨凝固在时间之外的时间。

人　物

早年，祖父在夸奖或敬佩某一个人时，说得最多的一句话，就是："他是一个人物！"

翻开现代汉语词典，以"人"打头的词，如人情、人事、人才、人性、人缘、人参等等，重点都是落在后面一个字上。也就是说，人情，重点落在"情"上；人事，重点落在"事"上；人才，重点落在"才"上。缘此类推，人物一词，重点也应落在后面的"物"上。物，在这儿表示内容、实质。人而有"物"，手里有家伙，兜里有本钱，肚里有知识，自然就值得刮目相看。

"一时人物风尘外，千古英雄草莽间。"小时候看淮剧，很佩服古人的自尊，即使骋马沙场，拔刀相向，也仍要先通姓名，所谓"大丈夫行不更名，坐不改姓"是也。在这里，姓名，也是一种内容，一种实质，强者用以表明自己的显赫、高贵——今日撞在本主手里，死也要让你死个明白；弱者显示自己并不是无足轻重——甭管怎么着，老子也是好汉一条，在天地间有影，在江湖上有声。

人物，人物，人与物，携手并肩，相辅相成。近来写文章，无意中发现一个事实：你若要形容人，最简单的法子，莫如"状物"。且看梁山泊众好汉的绰号，就多半是拿物来比拟，例如：及时雨宋江，玉麒麟卢俊义，入云龙公孙胜，小旋风柴进，豹子头林冲，以及霹雳火秦明，青面兽杨志，没羽箭张清，等等。曹植的《洛神赋》描摹宓妃，尤为典型：

其形也，翩若惊鸿，婉若游龙。荣曜秋菊，华茂春松。仿佛兮若轻云之蔽月，飘摇兮若流风之回雪。远而望之，皎若太阳升朝霞；迫而察之，灼若芙蓉出渌波。

而若要形容物，则反其道而行，"拟人"。试看王安忆的《长恨歌》描绘老上海，她笔下的风花雪月、砖瓦木石，都被赋予了鲜明的人性：

上海的繁华其实是女性风采的，风里传来的是女用的香水味，橱窗里的陈列，女装比男装多。那法国梧桐的树影是女性化的，院子里夹竹桃丁香花，也是女性的象征。梅雨季节潮黏的风，是女人在撒小性子，叽叽哝哝的沪语，也是专供女人说体己话的。这城市本身就像是个大女人似的，羽衣霓裳，天空撒金撒银，五彩云是飞上天的女人的衣袂。

再看陈忠实的《白鹿原》，无生命的山川，在他眼里，一变而为多姿多态的男女：

滋水县境的秦岭是真正的山，挺拔陡峭巍然耸立是山中的伟丈夫；滋水县辖的白鹿原是典型的原，平实敦厚坦荡如砥，是大丈夫的胸襟；滋水县的滋水川刚柔相济，是自信自尊的女子……

人物一词，古汉语又作品貌风度解。如，《水浒传》第九回写柴进撺掇林冲和洪教头比武，要两个公人把林冲的枷锁开了。"董超、薛霸见了柴进人物轩昂，不敢违他。"此种解释，依然是从"人而有物"而来。身高八尺，虎背熊腰，是一种气度；鲜衣丽服，腰缠万贯，也是一种气度。柴进体魄健壮，衣饰华丽，加之有大批的家丁、大量的银子，公人自然不敢小看。

以"人"打头的词，不少可颠倒使用。如："人情"，可以颠倒作"情人"；"人工"，可以颠倒作"工人"；"人道"，可以颠倒作"道人"；"人头"，可以颠倒作"头人"。意义，自然也摇身一变，大相径庭。而"人物"一词呢？哈哈，"人物"就是"人物"，主次不容错位。

假如你来世上走了一遭，到老依然两手空空，一无所有，那就不配称作人物。假如你物欲弥天，丧失自我，沦为物的奴隶、物的工具，也就是走到了"人物"的反面，那便成为一具姑妄言之的"物人"。

记住，生于世上，你应该学会创造物，使唤物，进而努力成为一个人物！

雪　冠

老人头顶为明月，为银发，座下为阳台，为疏影；明月虚悬在中秋的玉宇，银发灿烂在86岁的高龄，阳台在三楼，疏影在书斋之南，纱窗之北。

如约，我于黄昏后来到老人的寓所。彼时月儿已升上东天，朗朗的清光泼满了阳台，投映于嵌在北壁的巨幅明镜，左右遂浮现两处书斋，两位寿翁侧影，两窗溶溶月色。

"你是准备了好久的。"老人今晚的兴致显得很好，欣然问我，"说吧，说说你最想问的是什么。"

"评论家们十分推崇您的著述，尤其称道您数十年如一日的苦心孤诣，为弘扬中华文化做出了巨大牺牲。但是，据说您曾对弟子讲，那都是一厢情愿的瞎猜。并且声言，在这个世界上，真正吃透您创作动机的，只有一个人。您能否告诉我，什么才是您著述的动力？谁又是您唯一的知音？"

"这……"老人转入沉吟，"假如我要求你不得公布真名呢？"

说罢，老人仰了头去望明月，头顶的银发，在月色下更见其灿烂晶莹，俨然一顶雪冠。

"行，绝对遵守。"

"说出了怕要使你失望。"老人用手去扶眼镜，镜片，正映了两轮古色古香的圆月。

"你有过初恋吗？初恋，一般都不会有什么结果的，而我却有。"老人一字一顿，"我的这些成就，都与它有关。"

"这么说，您太太，就是您初恋的对象了。"

"不是。"老人回答得很果决，"那是最终的婚姻，不是初恋。初恋很美，它就像今晚的明月，既古典，又浪漫；既古老，又青春。

"我的初恋是在故乡，是在太湖边那个小桥流水的集镇。对象是邻居的一位女子。谈不上青梅竹马，两小无猜倒是实实在在的。自小常在一处玩耍，心就往一地生了根。若不是而后镇上突然来了一位洋学生，我是一定要娶她为妻的呢。

"你猜得对，那位洋学生最终娶了她。她的父亲——我曾期待成为岳父的长者，托人传话于我：'人家是学贯中西的博士，你是什么？'

"女子本人的态度吗？唉……不说也罢。反正，她是跟着那洋学生去了上海。我想想看，那是1928年底，她走的那一天，落了好大的雪，镇头的一棵老槐树都被压折了的。

"自她嫁后，我在家乡就一天也待不下去了。不久，我也去了上海读书。随后又跟着她迁居的脚步，转到北平谋事。我发了狠心，几十年如一日地埋头做学问，实际上，就是想通过生命的超常释放，让她强烈感知，我也是生活在这个城市，我俩呼吸的是同宗的空气，饮的是同源的水。

"是，是有点像单相思。若干年来，走在大街上，每见到娇小玲珑的女子背影，我总疑心那就是她，竟拔脚追上去，瞧个究竟哩。不怕你笑，前些日子在美术馆看画，偶然瞥见一个倩影，我的心就怦怦跳，仿佛仍生活在故乡小镇，生活在青春年代的梦里。这么多年的岁月都流走了，我从来没想过她也和我一样，头上会生白发，脸上会起皱纹，牙会落，背会弯。在我的心目中，她是永远不变的江南少女。

"是的，她仍健在。她的丈夫，那个当年的洋学生，倒是在早几年就故去了。报上发了讣告的。"

"那么，您是否想再跟她见一面呢？"我想起了报纸上登过的，说东瀛有一种公司，专门替老人寻找初恋的情人。看来，这种白发游戏在神州也很有市场。

"不，不。"老人大摇其头，"我这大半生，都是在她嫣然一笑的回眸下走过来的。今生，她是我中秋的明月，回忆的鲜花，生命的女神，学问的缪斯。如今，在这把年纪，在这种份儿上，倘若再要见面，只怕一切美而且纯而且神秘的心影，都要跌个粉碎了；只怕我有生之年，再也做不来学问了。我这又是何苦来哉？！"

我恍然。相对无言中，老人抬头又去眺望中秋的明月。眼镜片上就又映照着两轮皎月。左眼的一轮，该是隐着少女时代的她；右眼的一轮，该还是隐着少女时代的她。左右两轮皎月拱卫着的，则是头上一顶温柔圣洁的雪冠。

朋　友

　　天宇高悬一轮圆月，旅途自然洒满清辉，倘若再挂上一轮呢，四下里越发清澈亮丽；虽然比不上一轮红日伴一轮银月来的光明，但也正因为少了一个太阳，少了一团赫赫炎炎的烈焰，在行人，步履只有更加轻捷，头脑只有更加灵醒。

　　两个月亮并肩一站，这就成了"朋"。朋啊朋，真想知道上古时代哪一道天光启迪了仓颉的灵感，经他妙手一捏，华夏天空腾地飞翔起一个多么美妙的字眼。朋！说着多么有力。朋！瞧去多么洒脱。朋之为用大矣哉。"有朋自远方来，不亦乐乎？" 2000多年前孔老夫子的这话活得多青春，多帅气。朋，自有一股活泼泼的神力：在炎夏，她便是了清风；在沙漠，她便是了绿荫；在翠柳，她便是了黄鹂；在樽中啊，她便是了醇酒。难怪，天下从此有了许多一诺千金、两肋插刀、三人一龙的故事传布；难怪，世界因此在亲情之外耸起了一座友情的高峰。

　　我曾试图攀登友情的高峰，翻过一道山梁，又一道山梁，抬头看，绝顶犹在天际的云里，趁我热汗淋漓、四肢酸软之际，嫣然抛过一个鼓励的微笑。把这感觉说给一位长者，长者频频颔首，大智无言。这是一位创作大家兼历史学家。若干年来,长者于我,如春风风人,如夏雨雨人。我于长者,自觉只是无尽无休的打搅,或曰打扰。有一回,一颗天外飞来的灾星挡在了我的前路。长者不知从哪一个渠道晓得了,暗中,竟使出了超乎想象的解数帮我脱厄。生性恬淡的老人是用了多大的意志力,这,恐怕只有我心里明白。自觉欠下偌大的情,很长一段日子,没有勇气再登长者的门。门是不登了,心却无日不前往拜访,意悬悬,神忐忑,比平日走动显得更累。一日铆足了精神前去敲门。长者照旧和从前一样,谈天说地,道古论今,此前发生的事,半句也不提起。尔后也从没提起。

也是歇息在山梁上,一位老友向我袒示他的肺腑。这是仕途上的一颗新星,鞍前马后享受多少鲜花美酒多少笑脸的围拥。但是,"内心总感到有点儿孤独,孤独……"他透露。我为之拊掌。"祝贺,祝贺,"我对他说,"能悟到这一层,便说明你正在冲出围城。"对于社会,人分三六九等,对于朋友,人只分交情浅厚。晓得吗,前次我打电话找你,碰上你新换了保姆,在我,照例是直呼阁下的大名,对方好半天没有反应,末了终于蹦出一句:"你是书记的朋友吧,请问贵姓?"

我们从宇宙中走来,凭各自的造化占据方位,朋友是 500 年前的缘分,也是滋润生命绿洲的福分。曾有一位中学而兼大学时代的友人,从支边的西藏回江南探亲,特地绕道京城,邀我到圆明园外的荒郊作彻夜的散步,为的是,为的是重温馨香的旧梦。那一夜,长谈之余,他还轻松随意地倒出了一箩又一箩,我们当年共同拥有的古典诗词,像什么"冷暖旧雨新雨,是非一波万波""洛阳亲友如相问,一片冰心在玉壶",等等。他说:"别以为我是在炫耀记忆,这些玩意,憋在肚子里几十年,除了你,至今还没有第二个人能分享。"得,就为了这简简单单的一句,送走他后,我神思恍惚了若干日,险险乎大病一场。

细思这等病,一生又能摊上几次?虽不同人生能有几次搏,却也是人世能得几相知。几相知呵,又想起,想起那一年去湘西,趁便访问一位在军垦农场锻炼时交下的朋友。汽车中途出了故障,不得已改为步行,披着溶溶月色,跌跌撞撞走了60里,到达主人任教的山村,已是长夜过半,星图西倾。意外的是,主人犹自攻读未辍,且门窗洞开,庭院一派光明。每晚都这么苦读?主人摆手:哪里,今夜特别,书一上手,就显得格外兴奋,一点也没有睡意。敢情是故人来访,冥冥中已有"探马"报知了呢。噫,友情真能像明月牵动潮汐,无须乎传达,也无需约定,只需意念一指,就能在万里外产生如许的感应?当我想,当我想,月亮也许是心灵电波的中转台,刹那,涌出了多少柔情,多少诗意。

我曾出过一本《人生得一知己足矣》的文集,那是就完美意义上的友情而言,是俞伯牙和钟子期的神韵。芸芸众生,不能,也不必用这个尺码来度量。马克思或许不能没有恩格斯,鲁迅或许不能没有瞿秋白,楼下修自行车的老赵不能没有隔壁的牌友李大,对门那位初中生不能没有每天在院外吹哨为约的小伙伴。我么,也不能没有陪我从童年一路走来的小朋友大朋友老朋友真朋友假朋友。小朋友是水中的浪花,一路拥着跳着前进。大朋友是人行道旁的梧桐,彼此都讲究个距离，亲密还得有间。老朋友是抽屉上的铁锁，有了它心里觉着踏实。真朋友是天上的一轮明月和湖心的一轮明月相映，将喜悦分与喜悦，将光明分与光明。假朋友是短路燃烧的线路，逼得你关了总闸，认真维修。弄得不好还要电你一家伙，让你更加体会到真的可贵，从而爱屋及乌，由爱月亮延伸到爱星星，由爱星星延伸到爱清风，爱疏竹，爱荷塘，爱流萤，爱一切与我同天地共日月的生命。

少年沉浮

老人曾经救过我的命，所以我提醒自己，对老人可能提出的任何要求，都应无条件地予以满足。

时光倒流到四岁，或是三岁，那时我还住在老家建湖的乡下。记得茅舍门朝东，屋基是一个偌大的土墩，墩前是一片打谷场，场边有两株老槐树，墩后是一条小河，岸边长满翠竹；向南，不足百步，横着一条沧沧浪浪的大河；向北，则是一座牛棚，牛棚过去是水车，水车过去有一道小桥，连接河那边的神秘世界。一天，我尝试躲开大人，独自过桥探险，眼看走了一半，侧面一阵狂风刮来，立脚不稳，扑通一声跌进水里。现在回想起来，当时我并不觉得怕，只感到耳朵嗡嗡响，身子忽忽悠悠，一个劲地往下沉，沉，沉到后来，脚底触到一片坚实，本能地使劲一蹬，迅速向上浮，我浮得好轻松、好自在，头顶一片白花花的亮光，我冲着亮光拼命举起双手……

老人那时也只有十五六岁，恰巧挑担菱角从桥上经过，他看到了我高举的双手，便从桥面俯下身，一把将我从水中拎起。

老人说："你命大，三四岁的伢子，掉到河里居然不慌不乱，举着双手向上浮，就像是下边有人托着。"

我说:"哪里,还不是幸亏遇到了您;我永远记得,您把我救起,拍拍我的屁股,看啥事没有,就喊打谷场上的大人;临走,还塞给我一捧菱角。"

叙罢旧,老人渐渐转到正题。嘿,老人的要求其实很简单,跟他一道来的小孙女在南京一所大学中文系念书,将来打算从事写作,老人要我传授经验。

我长舒了一口气。本来估摸老人会让我为他的孙女找工作,那可是勉为其难。我的乡亲们对待这种事,向来以为你只要给谁谁谁打个电话,打个招呼,就会水到渠成,马到成功。唉,他们哪里明白,我只是一介书生,哪有那种神通!不过,我也做好了准备,老人真要让我为他的孙女谋职,再难也得硬着头皮帮忙。——这事责无旁贷,义不容辞。现在么,事情当然好办多了,老人只是要我教他的孙女作文。

我对老人的孙女说:"我在射阳还要住几天,你有写好的文章,先拿两篇来看看。"

这事就暂且搁过一边,接下来重叙家常。闲聊中,我发现老人神色有点异样,似乎还有心思要吐,于是中断话题,等他开口。

老人果然忍耐不住,他清了清嗓子,一本正经地说:"有几句话不知当问不当问。"

我鼓励他:"您尽管说。"

"你现在是名人了,人家都说你有天分。在老家建湖我们同庄,搬到射阳来又是街坊,我是看着你长大的。说实话,小时候,也没见你有什么特别。这两天我反复想,如果硬要说有,就是觉得你行事有点古怪。我说这话,你别生气。"

"我不会生气的,您继续讲。您觉得我哪些地方古怪?"

"比如,"老人说,"学堂放暑假,老师、学生都回家了,你却每天夹本书,从窗户钻进教室。"

我给他解释:"这事很平常。您晓得的,我家里房子小,没处静心看书,而学校一放假,教室空空荡荡,就我一人躲在里边,是再好不过的书房。"

老人似信未信,对孙女说:"你记着。"

少顷,老人又问:"你日常剃头,只认准一家理发店,就是从老银行拐弯向东的那家。有次后门梁三免费为你服务,你人坐下了,围巾也系好了,突然又扯开——还是跑到那家店子去理。有人说你是看上那家的女理发员,也有人说你是神经病。"

"是吗?您老记性真好。"我承认老人说的是实情,可我绝对想不到世人会那样想。"这事一捅就破,"我告诉老人,"那家店子的墙壁和天棚糊着十几张西洋名画的复制品,原作出自达·芬奇、伦勃朗、戈雅等大师的手笔,当时在镇上是绝无仅有,别处无法看到;所以我每次都借理发的机会,跑去那儿欣赏。"

老人若有所思,转身问孙女有没有听懂,得到肯定的答复。他犹豫了一会儿,压低嗓音,不无神秘地问:

"还有一事,今天也想弄个明白。有天傍晚,你把一卷东西拴上砖头,扔到西边的河心,然后朝它拜了拜,掉头就走。不瞒你说,这事也叫我瞧着了。我是好奇,当晚就下河把它捞了上来。我以为是地契,或其他什么重要对象，谁知只是一卷毛笔画，叫水泡得稀烂。你……为什么要把它沉到水底？"

"您想知道底细？"我笑了，笑老人如此神秘，也笑我当初煞有介事，神经兮兮。我给老人揭开谜底，"那是我创作的一套连环画，也是我的封笔之作。我曾经热衷于绘画，也有过种种美妙的幻想。但是后来，我确信我在美术上出息不大，决定改行投奔文学。您问画画和写作的区别？最主要的，我认为画画需要高人指导，而我身边没有；写作就不一样，它不愁没人指点——天下的范文都是你的老师。主意一经拿定，为了表示破釜沉舟、义无反顾，我便把那套最后的连环画作沉到水底。"

老人"噢——"了一声，兴奋地一拍大腿，混浊的眼球闪出缕缕光焰："听你这么一说，我今天总算闹明白了。孙女啊，你看，人家下爷爷小时候条件比你差，哪像你现在要闺房有闺房，要书桌有书桌，要电脑有电脑，但人家比你有天分，懂得该浮的关头拼命往上浮，该沉的场合铁心往下沉。"

我没想到老人会如此总结，霎时面红耳赤，闹得怪不好意思。我之于人生，小时未臻了了，老大依然昏昏，或浮或沉，不过是凭本能和喜好行事，谈不上半点天分。——但，这里涉及的几件早年往事，也许可供读者诸君一哂，是以删繁就简，扼要为记。

想　象

你有一双翅膀吗？有的。美丽的翅膀载着你升天入地，攀山越海，忽焉东瀛而西欧，忽焉太阳系而河外星系，俄顷又冉冉下落，混迹红尘，俯察自然，深入人心之窍，芥子之微。这翅膀，就是想象。

想象，就是女娲手里的泥团，仓颉眼底的鸿爪，"倚天万里须长剑"的长剑，"云想衣裳花想容"的花容。

时下有人争议散文能不能虚构。这个吗？散文容许想象，自然就容许想象范畴内的虚构。《逍遥游》纯粹是庄子的凌虚御风，《神女赋》不过是宋玉的高唐遗梦，陶渊明的"桃花源"无迹可寻，范仲淹据说从没有登临他笔下的"岳阳楼"。古文如此，今文也一脉相承。随手打开一册漓江出版社编辑的《今文观止》，开篇就是蔡元培的《洪水与猛兽》，拿洪水比喻滚滚而来的新思潮，接着就是陈独秀的《袁世凯复活》，用袁氏阴魂不散强调他仍在世间蠢蠢而动，后面还有毛泽东的《愚公移山》，借古代的寓言鼓舞今人的斗志，这些，都属向壁虚构。

鲁迅的《从百草园到三味书屋》，记叙长妈妈聊天：从前有一个书生在古庙里用功，晚间遇着美女蛇勾引，幸亏被一位走来夜谈的老和尚识破，帮他用飞蜈蚣杀死了蛇精。——这故事，在长妈妈嘴里是听来的聊斋，在鲁迅笔下，是借重他人的志异。

胡适的《差不多先生传》，差不多全是真实的谎言。

说到这儿，你也许会叫起来：《差不多先生传》是杂文，不是散文啊！是吗？就算是杂文，也帮不了你什么忙。你想，既然杂文能嫁接虚构，而散文和杂文之间，难道还有什么不可逾越的鸿沟？

艺术的真实绝非生活的真实。瞿秋白的《那个城》，应该算是地道的散文了吧？那城，喻指俄国大革命后的大破坏，城中的那个小孩，喻指中国。——瞧，彻头彻尾、彻里彻外的虚拟。

台湾散文作家中，王鼎钧头上悬有联想律，心中藏有寓言癖，爱在联想和寓言的幌子下贩卖清一色的虚构。而余光中最善畅想、狂想，当然也可以武断地认为，余氏最善虚构。

即使是理论，不，即使是科学，严格的，一丝不苟的，实事求是的科学，也常常要借助想象，因而也就要借助虚构。

爱因斯坦关于相对论的假说，不是愈来愈被证明为真理。

我们常说"假如……"，"假如"的门后就掩藏着虚构。

我们常说"设想……"，"设想"的窗外就游荡着虚构。

列宁说："必须幻想！"而"幻想"，更是虚构的同胞姐妹。

一位外国作家说过："任何一个能够作飞针走线状的人，都能使我们看见一根实际并不存在的线。"虚构，有时比真实还要惊人。音符无形，却荡气回肠。照相捕捉的是影子，却历历在目。你抓不着彩虹，彩虹却能抓住人心。时光看不见，摸不着，道不明，却无时不在改变世界，包括你。蓝图只是画在纸上，有时比太阳还光辉夺目。空气没有形状，也不可把握，然而，有谁敢在它面前捏紧鼻孔，哪怕仅仅五分钟。

思想呢？思想就其本质，乃实践的升华，乃天底下最为牛皮的虚构。世界的大格局，表现为人与人的竞争，人与人的竞争，落实在大脑，而大脑与大脑的较量，归根结底在于思维的力度。——其中，就正包括想象的激情。

如果没有想象，那世界就要退回到洪荒以前，变成一片浑浑噩噩。云不知为谁出岫。鸟不知因何而啼。春眠总是不觉晓。花落何须知多少。是想象装扮了世界。自然之神因想象而妩媚，人类因想象而生机勃发，阔步前进。泰戈尔那老头说得多形象啊："穿着衣服的真理总是发觉事实太紧身，只有在想象中她才能轻松自如。"

思

　　思故乡，在京城。小时候，故乡鲜嫩如一湖绿菱，我是波光上的一只蜻蜓；长大了，故乡挺拔如一株大树，我是茂叶间的一只候鸟。随着书越读越厚，距离也愈拉愈远，直至隔着了千山万水，却常就对着故乡的名字发愣。射阳，射阳？啧啧，怎的偏叫了这两个字？与人交往，自报家门，脱不了如此这般的解释："射箭的射，太阳的阳。"对方就有惊讶的了："哇，你们是后羿的后代呢！"有几年为避忌讳，介绍到籍贯，总要递补一句："射，古汉语有多种含义，这里作追逐追求解。"不曾想，后羿的附会，转而又变成了夸父的附会。

　　思京城，在羁旅。偶想，京城之于我，在于它是一座五星级的摩天楼，一座在某个角落里搁有一张床，一张完全属于我的床的摩天楼；虽然那床远不够宽，远不够长。又想，京城之诱惑，在于它是一台最现代的电脑，储存最丰富的是文化，最够分量的是政治，最牵扯人心的是经济，当然还有方方面面。只要你具备了操作能力，无论查询个什么组合或是创造个什么，都只要轻轻一击键位，就成。

　　思中国，在国外。饥时，中国是一道淮扬菜；渴时，中国是一瓢长江水；望月时，中国是一则吴刚伐桂的神话；低徊时，中国是一首唐诗；节日遥望，中国，是半天空缤缤纷纷的焰火；有一次为采访某个世界经济会议，在高速路上疾奔了6个小时，赶到会场，一摸脑瓜，中国，就只剩了两个词组：改革与开放。

思昨天，在今天。昨天，是胡松华的《赞歌》，是徐迟的《哥德巴赫猜想》，是五连冠的中国女排，还有，罗中立的《父亲》，还有，一位白发皤然的母亲。那是出于一次偶遇：沂蒙山余脉，山道口，一位卖酸枣的老妪。满脸皱褶，渲染出山地的艰辛，气色却是最好，显出近来的福泰。我想就这山脉为背景，和老人家合照一像。不哩，老妪摆手，你得先付合影费。同伴敏捷，暗中按动了快门，谁知老妪的反应也是出奇，只见她一手掩脸，一边飞快地转身；回过头来又直嚷嚷要没收胶卷。尔后冲洗出来，便成了这样一种仓促的历史定位。

思今天，在明天。明天不能预支，但可以设想，不闻"后之视今，亦犹今之视昔"的么？也不是绝对不能预支，我就预支过一回，是在梦中。梦见500年后，一帮闲人在争论20世纪的演义，甲说应这般这般，乙说应那般那般，丙又说应这般这般那般那般，一时面红耳赤，僵在那里。末了齐来征求我的高见。我清清喉咙，刚要开口，梦便醒了，争论自然也就没了下文。

思一己，在身外。天苍苍何高也，地茫茫何阔也，亿万年的天光地气，日精月华，交融到一点，灵光激射，才诞生了这么一条鲜活活的生命。你说有光，便多半有光，汇集聚拢来的宇宙本源之光，生命本源之光；像一颗星，尽职地守在自己的方位，在无垠的时空。你说无光，便肯定无光，始也默默，终也默默，徒然浪费了宇宙的昂贵能源。但对宇宙本身来说，这泯灭又算得了什么呢？压根儿就不值得投去一声叹息。

书斋浮想

曾经有一日,我想把书房安置在天安门城楼。什么?你真狂妄!啊,不是狂妄,且听我解释,我看中的是这方位,这高度。你若想把文章写得中国,写得炎黄,写得堂堂正正,炳炳麟麟……好,那么就请随我,把写字台搬来这城楼一隅。对于历史,这位置未免过于煊赫;对于你我,这只是一首诗。日月升降,不过是文章的标点符号;人潮聚散,不过是文气的回环流转。一代伟人曾在城楼上面宣布:"中国人民站起来了!"声音至今还在五洲四海隆隆回荡。你我凡夫俗子,从不做非分躐等之想,但忝为文人,要的就是这气场,这轴心,这龙脉。30年前,我是广场上人海中的一滴水;15年前,我是登楼一啸的游客;而今,我想借它的廊柱迎四方祥瑞,八面雄风。岁月如流,你会发现世间变化最大的,不是沧海,不是桑田,而是观念,实实在在的人心。你会发现"人为社稷之本,天地之本",正在逐渐从云端回归凡尘,落于实处。瞻前令人心雄胆壮,顾后令人感慨万端。当我登临,当我在城楼辟室纳气,储才养望,文学之于我,世界之于我,就像金水桥畔的华表一样切近。兴酣落笔,自可以驱遣雷电,挥斥风云;凭窗眺望,更不妨目尽今古,纵览河山。

也曾经有意把书房安放在太平洋上的一个小岛。那里位于赤道，终年万木葱茏，草欣花薰。我的书斋应该是茅屋，杜甫在成都、苏东坡在儋州住过的那种。所不同的是，它背倚青山，面临大海。吟过"星垂平野阔，月涌大江流""吴楚东南坼，乾坤日夜浮"的杜甫，直面的不过是江河湖泊。苏东坡流放海南，是乘船穿越琼州海峡的，但他在儋州的住所"桄榔庵"，距汪洋浩瀚的南海还隔有一望无际的丛林。哪能如我这般，每天清晨，推窗，浩浩碧波就会从心田漫过；即使在夜晚，睡梦中，也会有汤汤泱泱洗涤肺腑，澡雪神经。枕边有梵高渴望的电流雷语，砚底有海明威丧魂失魄的大鱼，字里行间有哥伦布望眼欲穿的新大陆。远离尘氛，远离噪音，远离一切假文明。当然有滂滂沛沛的豪雨，佐之以掀天揭地的台风，这场面还都让我赶上了。那是到达岛上的第二天，主人引领我们参观一孔千年山洞，进洞时分，身后还是阳光灿烂，待到转了一圈出来，洞外已是霹雳交加，风雨大作。我笑了，全然不顾同伴怪异的目光。如果不是妻子紧紧挽着手臂，说不定早就冲出洞口，和大自然一道尽情宣泄，嬉戏。

正是在岛上，我想到，有一天也不妨把书房短暂搬去南极，和科考队员为邻。热与冷，这是自然的极端考验，也是思维的交替盛宴。南极你没有去过，总在电视屏幕上看到过吧？那里没有道路，没有色彩，没有浪漫。冰天。冰山。冰原。白色阴谋白色恐怖包裹一切覆盖一切。然而，欲望是奢侈的，我希望我能单独拥有一处斗室，把严寒和一应干扰阻挡在外。任它风暴肆虐，雪片狂搅，我自保持灵魂的独立与清醒。且在一个狭小的空间支棱双耳，睁大眼睛。我当看到，不，感到，万里外如一朵云霞燃烧的中国，中国的前尘、中国的今生以及后世。此时此刻，只要有一粒泥沙沉降黄河，只要有一片乌云飘过珠穆朗玛峰，只要在宫商角徵羽的和弦中掺进一缕杂音，我会立刻发竖髭裂，血脉偾张。我的笔，我在冰封雪锁中唯一能倚天而抽的长剑，霎时将寒光闪闪，锋芒毕露。啊，别担心我孤独，或是太累，天气晴朗的日子，我会走出帐篷，跋涉雪原，加入海豹、企鹅的行列。我会和它们用另一种语言交流，在人类已知的语音密码之外，在地球和太阳系的规范之外。

那年秋天，当我登上纽约帝国大厦，在一个凭栏俯睨的顷刻，忽发奇想：嗯，这儿也可以安放一张写字台，一张属于我的、纯粹书生的写字台。帝国大厦建于1931年，高度381米，曾为纽约之最，也是世界之最。它的显赫尊贵一直持续了40年，迨至1972年，才被417米的世贸大厦打破。人性总是对最高充满神往，犹记当初，世贸大厦落成不到两年，它从帝国大厦头上抢得的冠冕，又被芝加哥443米的西尔斯崇楼一把攫走。22年后，吉隆坡的佩重纳斯闳宇，更以452米的绝对高度独摩苍穹。这游戏恐怕永远没有了结，据报载，我国的上海、台北以及东邻韩国也在摩拳擦掌，欲在更高的层面上一试身手。假如人力可以造山，真正意义上的山，我相信珠峰有一天也将屈居老二。然而，曾几何时，当我的双足踏上曼哈顿的街道，世贸大厦已不幸夷为平地，帝国大厦又重新出任纽约的制高点。血腥的联想，残酷的真实。三十四街在脚下。一百零二层在脚下。余光中1966年写《登楼赋》，立足点就在眼前这层顶楼。假设我把它的一隅辟作书斋，在这儿可以昼夜鸟瞰纽约，某种程度上也等于是鸟瞰西方。萨克雷当年无缘涉足的"名利场"，巴尔扎克当年未曾阅遍的"人间喜剧"，福克纳当年未能穷形的"喧嚣与骚动"，我将以我东方作家的敏锐与执着，继续书写。

如果我有第六张写字台，我愿把它安放在俄罗斯的庄园，最好是在圣彼得堡近郊，和普希金就读过的皇村中学为邻。对于少年时代的我，托尔斯泰是威严的，高尔基是苦涩的，马雅可夫斯基是生硬的，而普希金，清丽而又激越，堪堪充当我高年级的兄长。检点我知识航船的压舱石，《诗经》《楚辞》之外，《古文观止》《唐诗三百首》之外，《飞鸟集》《草叶集》之外，赫然就有一部《普希金文集》。最是难得，那是我生平买下的第一部"天价"书，时代出版社出版，硬面精装，定价两块。若问，区区两块钱怎么就成了天价？要晓得那是1959年，两块钱相当于我初中一个学期的学费。要晓得1958年"大跃进"之后紧跟着是1959年国民经济大滑坡，彼时我尚懵懂，天下大事不甚了了，但具体到自身，是已连两块钱的学费也筹措不出，不得不含泪中途退学。然而，借助某种孤注一掷的希冀，我却把半月的打工所得加在一起，从书店购回普希金的一套精神大餐。那真是疯狂的吞噬，非张乐平笔下的三毛不能深得个中滋味。"啊，美人，不要在我面前再唱，那悲哀的格鲁吉亚的歌吧：它们使我想起，另一种生活和遥远的岸边。""假如生活欺骗了你，不要悲伤，不要心急！阴郁的日子需要镇静，相信吧，那愉快的日子即将来临。"——普希金给予我的，不仅是他温柔的慰藉，缠绵的想象，更有他天赋的自信，坚韧的灵魂。

假设我有第七或第八张写字台，我愿把它们分别安放在巴黎圣母院的阁楼与尼罗河畔的客栈。这选择不是绝对的，当然，我也可以把它们安放在富士山麓的茶室与罗马城的角斗场。天地有情，山川随处可作书房；万象通灵，入眼一切皆是文字。但是，不管我有多少五光十色的假设与选择，最后一张书桌，肯定是搁在我的故乡。最好是搁在老宅，就在堂屋的窗前。那堂屋是篱笆墙、稻草顶，窄小的窗户糊了一层白纸，临窗安放着一张褪色的条桌。记得老宅落成，是1953年，9岁的我，已拥有5年骄傲的学龄：4岁，依祖父的膝下读《百家姓》，5岁至7岁，入私塾读《千字文》《古诗源》《幼学琼林》，8岁正式上学，也就在9岁那年，我幸运地分到了一张书桌。我最初的涂鸦之作，包括日记、书信、情诗，都是在它的慷慨支撑下完成。如今我不能奢求那张50年前的书桌还安然完好，正如我不能阻挡祖父亲手建的数栋茅屋日后在侄男辈手里换为砖混结构的两层小楼。所幸的是，老家地址未变，方位未变，因而我的想象最终有所依托。可以预期，往后，在我厌倦京城浮躁与奢华的日子里，我会常常回到故乡，回到老宅旧址上的新居。无疑，只有在那儿，在生命和创作的原点，我才能获得穿透时间的清醒。我会比以往更加清楚我是谁，以及我应该如何感谢上苍，善待岁月，善待，上苍曾经从江淹手里强行缴走，而今恰恰轮到赐予我把玩操练的，这支金不换的彩笔！

定　格

　　定格是一种特写,数电视画面表现得最为清楚:挺胸冲刺的健儿,四蹄生风的烈马,展翅高飞的苍鹰,掀天陷日的海浪,乔丹转身跃起上篮的雄姿,刘欢飞扬到最大限度的披发,忽然——仿佛着了孙悟空的定身法,统统在瞬间凝固。

　　印象是更为灵动的定格。比如:大禹抽象为治水,愚公抽象为移山,牛顿抽象为下落的苹果,瓦特抽象为沸腾的水壶。又比如:关公定型为红脸,张飞定型为花脸,曹操定型为白脸,诸葛亮定型为羽扇纶巾。印象人见人殊,定格的画面也便因人而异,你说玫瑰是红的,他说玫瑰是黑的,甲说流星雨像天女散花,乙说流星雨似嫦娥落泪。

　　定格是一种定势。人们一提起赵云,眼前就会呈现白袍小将,其实,他也有着苍髯飘拂的晚景;一提起托尔斯泰,眼前就会掠过白胡老翁,其实,他也有过光彩照人的青春。若再从历史的角度比较,白袍小将赵云比白胡老翁托尔斯泰要早生1600多年,与其祖先的祖先的祖先同辈。

　　先入之见最易形成定格。比如,我初到台北见李敖,非常不习惯他的微笑,那种每时每刻的、彬彬有礼的、温良恭谦让的微笑,因为我早就习惯了他横眉怒目、拳打脚踢、剑拔弩张的文章，而且已经在大脑皮层定格。又比如，大一那年首次见到花甲初度的冰心，她清朗的面影、矫健的步态，从此就在我记忆深处扎根，直到她逝世也毫无变化。所以底片一经感光，其他的物像就再也难以入侵。所以人们，尤其是公众人物的一举一动都得谨慎，在你可能是白璧微瑕，无心之错，偶然发生的小小不经意、不检点，在他人则可能落眼生根，印象从此定型。

定格往古，这是一种时间长河的大浪淘沙。因为距离远，我们眯了眼看，手搭凉篷看，戴了望远镜看，不管怎么努力，看到的只是一点：一大点或一小点。这些都已经浓缩在一张叫"时光"的碟里。举例说，你要是想认识远古时期那些最聪明最能干的祖先，你去读碟，碟就告诉你一个名字，他叫伏羲。你要是想了解中华民族的老祖宗5000年来究竟做出了哪些杰出贡献，你去查碟，碟大而化之地总结说：四大发明。

对今人今事定格，往往就比较苛刻，且带有很大的偶然性。由于大家生活在同一个时代，彼此挨得很近，我们很容易一眼就捕捉到某某歌星是在当众假唱，某某大师脸上有一粒麻子，某某领导挪用公款出国旅游，某某同事占用公家的电话上网，某某家的巴儿狗在小区溜达时总爱当着女士的面撒尿，好没教养！

凡事都怕定格，定格了就失去变化，就由多元变成一元，由立体转为平面，由生动变为僵化。凡事又迟早要定格，在发展的阶段上定格，在他人的印象中定格，在"时光"之碟的纹路里定格。定格并非一成不变,不过,那很难。这就如同翻案,郭沫若挟一代学术宗师的威势为曹操正名,说他是红脸英雄,然而在今日的京戏舞台上,曹操不仍旧是白脸的奸雄。这又如同破旧立新,虽然哥白尼早在四个多世纪前就证实了地球围绕太阳转,当代人也毫无例外地认可了他的"日心说",但临到讲话、写文章,我们不是依然遵照古人的地球本位,喋喋不休地叙说:"东边的太阳升上来了。""西边的太阳落下去了。"——让习惯于望文生义的冬烘先生,误以为地球仍然是太阳系的中心。

美丽没有终点

她是我叔叔那一代的美人,"你晓得她长得有多漂亮?"叔叔曾向少不更事的我形容,"第一次在村口撞见她,差点从自行车上摔下来!"能让叔叔从自行车上摔下来的,据我所知,除了酒,就只有这番"惊艳"了。叔叔是个酒坛子,每顿必喝,每周必醉,醉了就翻肠倒肚,什么话都说,是以我晓得他的许多隐秘,其中之一,便是对这位邻村美人的刻骨相思;叔叔坦言他曾展开热烈追求,从苏北老家一直追到她读书的南京。

叔叔,是我们家族的美男,生得眉清目朗,挺拔帅气,而且还有中学文化背景。别笑,须知那是 20 世纪 30 年代,在敝乡,中学文化绝对是佼佼者,具备了"窈窕淑女,君子好逑"的资格。但叔叔"好逑"了人家几年,到底还是落空,伊人最终嫁给了一位常州籍的大学生,苏南对苏北,大学对中学,犹如一个在天,一个在地,叔叔的失败是形势决定,非关个人魅力。叔叔后来讨了一位扬州女子为妻,在我看来,也是罗敷一级的美人,但他对前者始终念念不忘,一直维持若断若续的联系。1964 年我到北京上学,动身前,叔叔特意叫了我去,让我给她捎带一份土产——此前她已随丈夫定居京城,当上了教授夫人。东西我是屁颠屁颠地送去了，结果，人影儿也没见着，开门接待的是她的保姆，我伸长脖颈，也仅仅是透过书房的窗棂，依稀瞥见教授的一头灰发。

如今，40年后的如今，叔叔和教授都已亡故，只有她，依然健在。本来，她那一代的美丽与悲欢，与我是风马牛不相及，陌路人生，走对了面也不认识。年前回乡，从亲戚处偶尔得知她的电话，不知触动了我哪一根筋，忽然产生要见一见她的强烈欲望。

回京后去电，以同乡晚辈的名义，极道仰慕之诚，提出想登门拜望。她的嗓音好细好柔，轻言慢语，似乎生怕吓着了谁。她说，谢谢你的关心，我一个老太婆，有什么好看的，你就不用来了吧，噢。

吃了一个闭门羹。

我不甘心，过些日再次去电，这回，是以教授崇拜者的名义。我说，我和教授虽然缘悭一面，但从青年时代起，一直喜欢他的著作。说句高攀的话，教授称得上是我的精神导师。近来打算写篇纪念文章，提纲已经拟好，动笔之前，有些不清楚的地方，想向您当面请教。

她说，你就电话里讲吧。声音还是又细又柔。

我于是边讲边想，累累拉拉地列出一长串，有些，的确是我心头懵懂，需要请她点拨的；有些，其实是我心下了然，只不过临时没话找话的。她么，充分显现出学者修养、大家风范，凡问，必旁征博引，循循善诱。我感叹她的思维之缜密，答疑如水银泻地，不留一点空隙。讲到后来，当我提起市面上的一本新作，是关于教授一生的评注，她突然拔高嗓音，说："那本书不可看！"

"作者不是对教授评价挺高的吗?"我大惑不解。

"人生的关键时刻关键点,他完全搞错了。"她答。

随即她就加以驳斥,仿佛我就是那个犯了错的作者。她越说越激动,前朝后汉,细枝末节,足足讲了半个小时。我算是听明白了,背景是"文革",焦点是关于学界某些人物的评价,有人说教授曾经讲过这个那个,行为属于助纣为虐、落井下石。作为闲笔,作者在书中顺便提了一句。今天看来,在那种特定的大气候下,即使事情属实,也没有什么大不了,无损于教授的人格。但她不能忍受,她认为教授绝对是高风亮节、洁白无瑕。

我想打断话头,就插了一句:"我说您哪,谁个背后无人说,您犯不着为此生气。再说,作者对教授还是满怀敬仰的嘛。"

"那也不行!"她答。

于是她继续围绕上述问题批判,她的作风是巨细无遗,淋漓尽致。好不容易发泄完了,她长舒了一口气,问:

"你都听明白了吧?"

"清楚了。"我答。

"那好,你就写你的纪念文章。我熟悉你的名字,你的文笔还是不错的。文章不要长,3000来字。就发在XX日报,最好是X月X号,那一天有纪念意义。"

说罢,她又特别强调了X月X号,然后挂了电话。

说实话,几千字的文章,对我是小菜一碟,发XX日报,问题也不大,难就难在那指定的日期,你想,报纸又不是我办的,哪能说发几号就发几号。

为此，我是着实努了力。天遂人愿，文章总算如期刊出。

她很高兴，这回答应见面，并叮嘱我带上自己的全部著作；她说得很客气，要学习学习。

约定那天早晨，有车来接，出三环，过四环，七拐八拐，山麓，湖畔，林丛，一座仿古的四合院。

门开了。出现在眼前的，是一位50来岁的夫人，高挑的身材与西服何其淡雅，面容素净，举止利落，我以为是她的女儿或儿媳，谁知她自报家门，竟是她本人。

兀地一愣：她应该比我叔叔小不了多少，起码也在80开外，怎的显得如此年轻？

转而释然：现在是美容业大行其道的时代，她本来生得就美，加上保养，加上化妆，不年轻才怪。我毫不掩饰地盯了她满头青丝一眼，那——当然都是染的。

客厅宽敞而明亮。靠南是一套红木沙发，很庄重，也很喜气。对面是一台大屏幕彩电，两侧佐以盆景。东西两壁挂满了字画，细看，都是教授和她的合作，她的工笔花卉、淡墨山水，教授的题款，堪称珠联璧合，相映生辉。

坐定。品茶。她询问我的写作经历，包括散文成就，那是一个长辈盘查顽童的口吻，虽然饱含亲切和怜爱，其认真与细微，却每每使我汗颜，后悔过去下笔太轻率，没能把感情和学识发挥到极致。甫一接触，我就感到她的慈和严，她是一位屹立峰巅俯视尘寰的师太。

及至话题转到故乡，紧绷的神经才略略得以松弛。她说已经有七八年没回去了。最后一次，是教授病中，她陪他走了一趟。她说那路真难走，交通十分不便。村子不通汽车，要乘船。见面的人多半不认识，认识的人多半留在了记忆中。其间我特意提起我的叔父，她淡眉一扬，说那家伙年轻时长得很标致，也很霸蛮。说及我的祖父，她耸了耸肩，形同淘气的少女，她说我祖父40来岁就留了一把长胡子，是典型的民国中人。

以下轮到我询问她了。关于家庭，她说有二子一女。长子一房在加拿大，孙子孙女一大堆，去过几次？三次。每次两三个月，长了住不惯。女儿一家和她一起过，刚才开车接我的就是她的外孙。次子的情况，她自始至终没有提，我也没问。关于日常生活安排，她戏言和我差不多，整天坐家（作家），在电脑键盘上敲敲打打。什么时候学的电脑？教授病重那年，75岁。她说学电脑主要为了两件事：一是整理、编辑教授遗著；二是写回忆录。她强调写作纯粹是为了练笔，并不打算出版。

练笔！瞧这老太太说得多轻松，就像邻居老大娘说"走，下楼遛个弯儿"。

匆匆过了一个半小时，不忍心继续打扰，提出告辞。她也不留，坚持送客到院门。临别，我下意识地又瞅了一眼她的黑发。她迎着我的眸光，浅浅一笑，说：

"人家都以为是染的，你仔细看看，染过哪一根？一根也没有，生来就是这样，乌黑，油亮。"

奇迹。老话说:"自古英雄与美女,不许人间见白头。"美人迟暮,犹如逊位的帝王、弥留的将军、凋谢的玫瑰,是很煞风景的,而她,活到这把年纪,依然清新秀逸,率性执着,光彩照人;尤其让人嫉妒的,是头上居然没有一根应白之发,不知是时间老人遗忘了她,还是她遗忘了时间。

真得感谢上苍的宠爱。

与巴菲特共进午餐

登船次日,面对天的苍苍海的茫茫,看久了,看酸了,也就看腻了,忽然想到,来了不能白来,玩了不能白玩,也要为此行写一点什么。

午餐时,我与翊州把饭菜端上甲板,选择人少的地方,一边吃,一边商量。

翊州说:"爷爷,你去年四月逛日本,来回半个月,回来写出10万字。这是你和合作者事先商定好的数字。我相信,如果事先让你写15万字或20万字,你也照样写得出,这是你的本事。这趟游加勒比海,来回也是半个月,你也可以写它10万字呀。"

我说:"我对日本很熟悉,走过的地方,看过的东西,可以深入浅出,举一反三,信手拈来。对美国,多少有点研究,对加勒比海周围这些小国,了解得很有限,发挥不起来。"

"签证下来后,我看你查过很多资料呀。还在电脑上看了很多电影,光《加勒比海盗》就有六部。"翊州指出。

"那是临时抱佛脚,"我说,"《加勒比海盗》我是下载了六部,只看了五部,第一部还可以,有点历史价值,后面四部都是妖啊怪啊鬼啊魂啊的，越看越玄，越没有意思，第六部，干脆不看了。它跟这次旅游基本没关系。"

"签证没下来前，我看你就很忙，桌上、地板上堆的都是书，你在忙什么？"翊州问。

"我在做《寻找大师》续集的案头准备。"

"不对呀。"翊州说，"《寻找大师》写的都是中国人，可我看你堆在桌上、地上的书都是外国的，有小说，有戏剧，有传记，你还向我推荐了《巴菲特传》和《特朗普传》。"

"这就是案头准备。"我解释，"你要描述大写的中国人，也得了解大写的外国人。""那么……"翊州想了想，说，"你可以站在巴菲特的角度考虑一下。"

"怎么考虑？"我有点不明白。

"你最喜欢巴菲特的哪几句话？"

"这个，"我脱口而出，"我喜欢的第一句，是他说：如果比尔·盖茨卖的不是软件而是汉堡，他也会成为世界汉堡大王。"

"对了，"翊州说，"你要把自己想成比尔·盖茨，不管你怎么写，都会写得很棒。"

哎，这小家伙！巴菲特的话是我当初用来鼓励他的，现在却反过来用到我的身上（不过这话不能让比尔·盖茨听见，免得人家要广告费）。

"你是跟着我一块来的，照你说，我应该怎么写？"在小家伙面前，我首次谦虚起来。

"你写《寻找大师》,每个人物的写作手法都不一样,用词也不一样,这是你的长处。你只要发挥你的长处,自然就能写得好。"看样子,他对我还顶有研究。

"我喜欢写人物,我最看重的是人,尤其是内涵丰富的人。游记么,我也会写,但必须是真正打动我的。像这种跟团旅行,所见所闻都被限死了,挥洒不开,写几篇可以,写10万字,无论如何也做不到。"我表示无奈。

"你可以增加维度。"

"什么意思?"

"巴菲特还有一句话:'做你没做过的事情叫成长,做你不愿做的事情叫改变,做你不敢做的事情叫突破。'对吧?"

是的,这也是我当初让他抄在本子上的。

"你可以突破单纯游记的框框,把'寻找大师'的思路和部分材料,拿来和游记穿插在一起。"

电光石火,我觉得海波突然凹陷,海平面无限延伸。

沉默。他望着我,我望着他。

"这是你教给我的方法呀,把两个看似不相关的事情放在一起写,会出现出人意料的效果。"翊州打破沉默。

太好了!我没有白教他。

"我让你抄的巴菲特的话,你还记得哪几句?"我有意考问。

"只要想到隔天早上会有25亿男性需要刮胡子,我每晚都能安然入睡。"

"这句话对我有什么参考？"

"有呀！现在旅游是时尚，你只要想到有多少旅游者在等着看你的书，还有大量的文学爱好者，还有大学生、中学生、小学生，你就一定能把它写好。"

"还有呢？"我觉得翙州的悟性上来了。

"其他的话，记不得了。还有就是他的小故事，他五岁兜售口香糖，六岁贩卖可乐，小学开始送报，这些，你比我清楚。"

"我跟你讲过巴菲特午餐的故事，你还记得吗？"

"记得，就是跟他吃一顿牛排，公开拍卖，谁出的钱最多，谁就获得那个机会。"

"是从2000年开始拍卖的，去年已经拍到了2000多万人民币。"我补充。

"吃顿饭，听他说几句话，最好的结果，就是古人说的，'听君一席话，胜读十年书'。"

"当然，这是最理想的结果了。也有的人，只是想跟他见个面，照张相。巴菲特的名气就是广告。"我说。

"花那么多的钱？"翙州惊讶。

"前提是人家不缺钱。"我提起一件事，"有位中国的富豪，拍得那年的'巴菲特午餐'，事先没有想好怎么利用这机会，到时直截了当地问巴菲特如何炒股，巴菲特冷冷回了一句'不知道'，你想这场面有多尴尬。你要跟巴菲特交谈，你要把他研究透彻，问话要问到点子上。"

"如果巴菲特也在这游轮上，我就替你问他这本加勒比海的游记怎么写。"翊州幽了一默。

"不用的，"我说，"他的确就在这游轮上，而且，就在你我中间，今天，我俩一分钱未花，就……"我故意顿住不说，我想翊州会明白。

果然，翊州恍然大悟，他用叉子夸张地举起了牛排。

我的盘子里没有牛排，我就顺手从他的盘子里叉起一块，也高高举起——祝贺今天咱俩免费和巴菲特共进了一顿午餐。

（2018年3月）

第二辑

海天摘云

雨染未名湖

雨，苍茫了塔影；雨，迷离了湖光；雨，虚虚幻幻恍恍惚惚了湖心的小岛；雨偏多情，不多情就不会如此突发而至；雨自写意，不写意就不会这般兴会淋漓。

雨打着西南岸的山坡，山坡上的蓊蓊郁郁，蓊蓊郁郁环绕的六角钟亭，显得甜甜蜜蜜，亲亲切切，爽爽朗朗，雨听着如唐诗，如宋词，如鸥鸟嬉飞在浪尖，春风逗笑在草原。

钟亭里坐着一老一少。年长的，是燕园著名的经济学教授；年少的，是来自江南的一位自学成才的残疾青年。青年渴望拜见教授，托我帮助联络。长辈垂爱后生，因而就有了今天这番不拘一格的户外会见。以天地为客厅，以湖光塔影为屏风，这的确很浪漫，也很古典。

不期遇上了雨，于是避到这钟亭里来。教授打量着青年的一条义肢，目光充满了怜爱，不，毋宁说赞扬。教授说，以你这样的身体条件，能跑，能跳，能把生意做得红红火火，尤其是，还坚持研究经济理论，很不简单。你送来的论文，我都看了，功底扎实，立论新颖，颇有创见。说实话，我还想让你跟我的研究生座谈座谈，他们就缺少你这种实际生活的营养。

青年含笑望着教授，胸腔滚过一股热浪，刹那间泄过千言万语，他本来有一副健全的体魄，也应有一个平坦的前程。但是，一场意外的交通事故毁了他的健康，也改变了他的人生。残疾之路的曲折、艰辛，实难以向常人叙述。在那些痛苦、彷徨的日子里，他偶尔从一篇报道得知，教授当初也是自学成才。从此，教授的学问和形象，就成了他心头的一支火炬。多少年了，他渴望能见一见教授，当面聆听他的教导，并奉上自己的感谢，没想到今天终于美梦成真。梦圆了，反而又觉得迷茫，太多的欢喜淹没了太多的话，一时竟手足无措，说话也结结巴巴。

教授忽然操起青年家乡的方言，给谈话注入神韵；原来，教授50多年前曾在青年所在的那个地区读过初中，说来也真叫有缘。我记起来了，教授不久就失学回了原籍，也教过小学，也打过短工，而后就闯荡到上海，而后又赴欧洲留学。时空一衔接，精神一对应，青年的拘谨很快便消失了，钟亭里转瞬飞扬起一派吴侬软语。

大概是为了讨论方便，吴语间不时又夹杂起英语，并伴之以比比画画，说不清是教授在给青年指导，还是青年在向教授汇报；这一老一少显然已经找到了感觉，渐入忘形。——我忽然想到经典意义上的"开门办学"，想到脚下这块土地雄阔的社会张力和文化蕴涵。

就让他们尽兴畅谈吧。片刻，趁雨脚稍疏，我悄悄离开钟亭，沿未名湖南岸漫游。雨，轻拂着蔡元培的铜像。这是一位被毛泽东誉为"学界泰斗，人世楷模"的人物，他的名字维系着北大的历史，维系着陈独秀、李大钊、鲁迅、胡适等一大批新文化运动的健将；雨，膜拜着埃德加·斯诺的陵墓。斯诺曾从这儿出发,奔赴延安,留下了那部永不褪色的《西行漫记》;雨,亲昵着塞万提斯塑像的披风。这位西班牙的文学骑士,是从他创作的《堂吉诃德》的封面上走来,从马德里市民众的跨国情谊中走来;雨……

雨染未名湖。这是精神的雨、文化的雨,从一部中国近代教育史,不,世界近代教育史的扉页间飘洒而下,激灵着遍地的芳菲。

张家界

张家界绝对有资格问鼎诺贝尔文学奖，假如有人把她的大美翻译成人类通用的语言。

鬼斧神工，天机独运。别处的山，都是亲亲热热地手拉着手，臂挽着臂，唯有张家界，是彼此保持头角峥嵘的独立，谁也不待见谁。别处的峰，是再陡再险也能踩在脚下，唯有张家界，以她的危崖崩壁，拒绝从猿到人的一切趾印。每柱岩峰，都青筋裸露、血性十足地直插霄汉。而峰巅的每处缝隙，每尺瘠土，又必定有苍松或翠柏，亭亭如盖地笑傲尘寰。银崖翠冠，站远了看，犹如放大的苏州盆景。曲壑蟠洄，更增添无限空蒙幽翠。风吹过，一啸百吟；云漫开，万千气韵。

刚见面，张家界就责问我为何姗姗来迟。说来惭愧，26年前，我本来有机会一睹她的芳颜，只要往前再迈出半步。那是为了一项农村调查，我辗转来到了她附近的地面。虽说只是外围，已尽显其超尘拔俗的风姿。一眼望去，峰与峰，似乎都长有眉眼；云与云，仿佛都识得人情；就连坡地的一丛绿竹，罅缝的一蓬虎耳草，都别有一种爽肌涤骨的清新和似曾照面的熟络。是晚，我歇宿于山脚的苗寨。客栈贴近寨口，推窗即为古道，道边婆娑着白杨，杨树的背后喧哗着一条小溪，溪的对岸为骈立的峰峦。山高雾大，满世界一片漆黑。我不习惯这黑，翻来覆去睡不着，于是披衣出门，徘徊在小溪边，听上流的轰轰飞瀑。听得兴发，索性循水声寻去。拐过山嘴，飞瀑仍不见踪迹，却见若干男女围着篝火歌舞。火堆初燃之际，一半是火焰，一半是树枝。燃到中途，树枝通体赤红，状若火之骨。再后来，又变作熔化的珊瑚，令人想到火之精、火之灵。自始至终，场地上方火苗四蹿，火星噼噼啪啪地飞舞，好一派火树银花。猛抬头，瞥见夜空山影如魅，森森然似欲探手攫人，"啊——"，一声长惊，恍悟我们常说的"魅力"之"魅"，原来还有如此令人魂悸魄悚的背景。

从此，我心里就有了一处灵性的山野。且摘一片枫叶为书签，拣一粒卵石作镇纸，留得这脉红尘之外的秋波，伴我闯荡茫茫前程。犹记前年拜会画家吴冠中，听他老先生叙述20世纪70年代末去湖南大庸（今张家界）写生，如何无意中撞进张家界林场，又如何发现了漫山诡锦秘绣。欣羡之余，也聊存一丝自慰，因为，我毕竟早他四五年就遥感过张家界，窃得她漏泄的吉光片羽。

是日，当我乘缆车登上黄狮寨的峰顶，沐着蒙蒙细雨，凝望位于远方山脊的一处村落，云拂翠涌，忽隐忽现，疑幻疑真，恍若蜃楼，想象它实为张家界内涵的一个短篇。不过，仅这一个短篇表现力就足够惊人，倘要勉强译成文学语言，怕不是浅薄如我者所能企及。天机贵在心照，审美总讲究保持一定的距离，你能拿酒瓶盛装月白，拿油彩捕捉风清？客观一经把握，势必失去部分本真。当然不是说就束手无为，今日既然有缘，咦，为什么不鼓足勇气试它一试。好，且再随我锁定右侧那一柱倒金字塔状的岩峰,它一反常规地拔地而起,旁若无人地翘首天外,乍读,犹如一篇激扬青云的散文,再读,又仿佛一篇浩气淋漓的史诗,反复吟味,更不啻一部沧海桑田的造化史——为这片历经情劫的奇山幻水立碑。

烟云过眼

生平爱读，读书，读画，读人，读戏，读日，读月，读山，读水，诸情之外，更有一好，读云。你要是跟我一起待个新疆腹地的大漠，入夜，看我怎样独处在空空落落阒阒寂寂的招待所，推开南北四扇长窗，瞪圆期待的双眼，搜索，在灯火难见一粒，虫鸣难闻一声，连鬼火也难见一闪的旷野上，搜索生命的痕迹；而白天，看我怎样酷立在公路边的一株疏杨下，透过稀稀拉拉摇摇欲坠的叶片，仰待，如泰山之候日出，苦旱之望云霓，仰待烈日下哪一方水汽凝而为云，哪一朵云彩化而为羽翼，为白衣，为苍狗，便知我之与云或云之与我，是如何地相契相得。"黄沙碛里客行迷，四望云天直下低。"云是高邈，云是生动。粗读见其悠闲，细读见其诡谲，横读见其广袤，纵读见其深邃。读云，如读人生，读野史。

读云，也并非仰待就得的易事，尤其是久居京城。1000多万人呼吸其间踢踏其间奋翼其间的大都市，自然是人气鼎盛而尘埃飞扬，常年里红尘滚滚，不，灰尘蒙蒙，在城市上空网下一道恼人的雾障。灰囚其中，在我，岂但肺叶跟着受累，连向云海漫游的乐趣，也几乎被扼杀。为了疗饥，常常就一个人跑去西山，向都市外的浮云，放纵一番望眼；甚或，躲在郊区的某处密林，搜听，搜听过路云雀的颤音。觅不到"晴空一鹤排云上"的诗情，能听一听云雀的丽歌，至少也是个安慰。

都市读云，也不乏快乐的记录。去秋的一个傍晚，我从通县（通州区）回城，车行至三元立交桥，正值一场豪雨初霁。猛抬头，迎面一大幅晚霞铺天盖地挂起。仿佛天廷在召开盛大的庆典，所有的光帜霓旌凤驾鸾辇云涛风帆，都从匿身的山岫涌出。我忙请司机在不远处的道旁停车。就那样一脚踩着车门，一脚踏在水泥地面，痴痴地，痴痴地翘首凝神。没曾想眨眼工夫，身后便拢来一大片行人。也一律地仰了脖颈，向天空张望。你道他们在看什么？看……云？心下正在纳闷，忽听公共汽车上有人大呼："哥们，看啥哪？"便有一后生回答："飞碟！刚刚闪过头顶。"我闻言为之绝倒。这都市的世纪性幽默，而后伴我度过多少寂寞的黄昏。

说起快意的读云，还要数乘飞机出游。情形和地面正好相反，你无须仰了脖颈，倒是要俯瞰，即文学作品里常说的那种鸟瞰。云虽然擅于爬高，无奈到了海拔 3000 米左右，也就到了极限。飞机这种钢铁的大鸟，却可以升得更高，更高。坐在机舱里，如果你恰巧靠近窗口，那么，你既可以静心感悟庄子笔下"鹏之徙于南冥""怒而飞，其翼若垂天之云""抟扶摇而上者九万里"的磅礴，也可以尽情浏览，浏览一路迢迢相送的云彩。王安石说"不畏浮云遮望眼，只缘身在最高层"，那是指摆脱飞来峰下乱云的干扰，目光射向天外。而我，每当从飞机上向下看，倒宁愿有浮云来障碍视线，因为那样一来，下界就愈显得遥远和神秘。

　　在连嶂竞起群峰耸翠的山地上空读云,你会惊讶稼轩公"我见青山多妩媚"乃神来之笔。绿是山的光谱,在阳光的激射下,有一簇树冠,就有一蓬荧荧熠熠的绿焰。这绿焰落在峰巅,便燃起鹅黄嫩碧,落在峰腰,便燃起茫茫苍苍,落在幽谷,便越过苍茫,燃起一派深蓝浅黛。而这时,恰恰在这时,一群又一群游荡的云彩打斜刺里飞来。云隔断了阳光,在复调的山脉间筛下斑斑驳驳的阴影。云有高低浓淡,影有深浅错落。但主旋律,都是一色翠微。光与影复携手在层峦叠嶂间搅起一团又一团的岚雾,引诱你的视觉,一步一步,直向了云蒸霞蔚的审美高度进逼。

　　在平原上空读云,又有另一番喜悦。《古兰经》说,真主裹在一朵云的影子里。七仙女该说,人间藏在云的翅膀下。让我们借用一下七仙女的瞳仁,悄悄地,悄悄地窥探一番美丽的尘寰。哇!那长得棋盘格似的,是田野;那花团锦簇的,是村落;那款款飘飘的,是河流,是道路;那……噫!河流和道路,为什么像是一根又一根的捆索?是担心缤缤纷纷蓊蓊郁郁热热闹闹有朝一日会脱却地心的引力,凌空飞走,才预先拴牢了在那里的吗?那真是不必。依我看,倒是九重天上缺少一把玉锁,越来越卡不住众仙女思凡的芳心。七仙女中的七妹下嫁董永,绝不是唯一。海伦,那倾国倾城终至引发了特洛伊战争的海伦,原本是云的情影!只是傻了嫦娥,于今应悔偷灵药,碧海青天夜夜心。

　　读云也如读人。人有南腔北调,云也有北调南腔。大体来说,北方的云，多疏朗、空灵。宛如轻纱的一袭，缥缥缈缈，袅袅婷婷；又如轻烟的散淡，随风遁远，了了无痕。淡。淡。淡。淡淡地拢来，又淡淡地漾去，直至与空气淡为一体分不出实、分不出虚。南方的云，趋于豪爽、热烈。常常是，有如宇宙之神在一挥手之间，将邈邈云汉扇成汪洋万顷的太平洋；然后是12级，不，120级的台风打天外扑来；然后又是十丈，不，百丈的长鲸打浪底跃起；直搅得涛似连山喷雪，浪如鲲鹏击天。当然，这儿说的都是在飞机上看，又正值个大晴天。古书上说神仙出游，总要足踏云彩，我想要踏就踏南方的云，那样才显出气派。又想，孙悟空大闹天宫的场面，也是南天比北国更适合上演；只有云起龙骧，风激电飞，才更能衬托出大圣的神威。

古人座下没有飞机可乘，他们是如何获知云堂奥秘的呢？这，难不倒智者。"万乘华山下，千岩云汉中。""山因云晦明，云共山高下。"明白了吧，在这里，山是他们读云的最佳处所。登山，也是读云者必须付出的代价。山愈峥嵘崔巍，云气则越缠绕纠集。读云者的心气，相应也跟着盘旋飞升。记得那一年，途经黄洋界，这是我生平遭遇的第一高度。山看着不高，爬起来却十分吃力，及至手脚并用一鼓作气地攀上顶峰，惊回首，但见山脖脖间缠绕着一圈又一圈的白云。啊，我把云踩在脚下了！我把云踩在脚下了！那瞬间淋漓尽致的狂喜，至今想起，仍令心潮鼓荡不已。

读云，除了在白天，也可以选择夜晚。高高的天宇悬着一轮明月，万千星斗拱卫在八方，森严是森严的了，壮丽是壮丽的了，但未免失之于冷峻，这就需要有云来调剂。云，最好是纤云，就那么舒舒的一卷,在月神前绕过来绕过去,遮,也只要遮住一角,或是片刻,既让人着急,更给予希望。如果你恰好立于何处的公园,那就极妙妙极。宋人张先的"云破月来花弄影",刻画的就是这一境地,短短七个字,直把天上人间的千般风流万种柔情写尽写绝。

在平地读云,并非一定要仰了头,俯读也行,当你面对云的倒影,在一只鱼缸,或一方池塘,或一湾湖泊。倒影可读,读起来也一样上瘾。这是在南方某地,这是数亩方塘,你且随我与友人,向清波潇洒地抛下钓钩。鱼儿上不上钩并不要紧,在我,是正有满眼的波光云影好读。云在嫣笑,而水不笑,是在笑水的孤陋寡闻吗?你这荡云。水波在激滟而笑,而云不笑,是在笑云的浮萍无根吗?你这止水。云在嬉笑,水也在嬉笑,你们,可都是在笑我的不云不雨,无波无浪?呵,有一只鱼儿咬钩了,浮标索索抖动,旋又被迅猛地拖入水底,我竟视而不见,急得钓友大叫。忙甩竿,但见尺多长的红鲤,在水面哗啦啦一闪,定睛细瞧,已然脱却金钩,摇首摆尾而去了。友人埋怨不已。我却报之以微笑,欣然说,你没看见,你没看见,刚刚有一峰骆驼是如何幻化成大象又如何幻化成雄狮的吗?友人大瞪其眼,不知我驴唇不对马嘴地究竟在说些什么。

海天摘云

从台北搭航班去香港,你占的是36排A座,紧靠左侧的舷窗。习惯上,无论乘空中还是地面巴士,你都喜欢挨着窗口,多一份向外的视野,心理上就多了一份翱翔的自由,一处随意舒展的天地。这天,当飞机沿着台湾西北海岸,折而向南,你一边俯视下界,一边不禁想起了大陆的东南海岸。近来,你数番由北京去杭州、厦门,或由上海去温州,印象中,江南的海岸线轻灵错落,楚楚有致,若天气晴朗,能见度高,看一路浓绿间点染着白墙黑瓦、红墙蓝瓦,宛然在一只巨型的翡翠盘中撒放着一颗颗晶莹的玛瑙。而台湾的西北海岸,一眼望去,就荒凉粗糙多了。山色斑驳,建筑杂乱,引人"一川碎石大如斗"的浮想。实际情况可能不是这样,但你第一感觉如此。既然下界缺乏审美的愉悦,你索性关上窗,专心翻阅方才在机场购得的书报。

这是一本文学刊物,当你打开目录,立刻为董桥的专栏吸引。在云霄邂逅香港的散文翘楚,不啻是一场艳遇。文章题目为《流言》,情节极其简约:中学时代的一位高年级美人,爱上了年轻英俊的校长。流言不胫而走,燕瘦环肥,衣香鬓影,越传越缤纷。男女主角最终在噬人的流言中分手。30多年后,一位老同窗在天涯偶遇当年的美人,为芳草迟暮而大发感喟。

你笑了,轻轻地咬着牙齿,只是透过目光和眼角露出笑意。因为刚写好一篇散文,主角也是少女,背景也是流言,你担心撞车。及至读完全文,你放心地舒了一口长气,差别是显然的,就跟你同董桥的文字与长相一样,绝不会为他人混淆,绝不。

你认识董桥吗?不认识。连董桥的照片,也想不起是否在哪儿见过,脑屏光溜溜的没留下一点显影。但董桥就在你身边,你自信。倘若他也搭乘这趟航班,在满舱的须眉中,你保准一眼就能识荆。凭什么?就凭他文字传达出的信息。

董桥的文字是极富雅趣的。他说韶光流逝:"转眼扑蝶的旧梦都过去,祇剩看山的岁月了。"说女子明眸善睐:"最动人的是那双水灵的大眼睛:深情的涟漪圈圈难散,激情的激滟随时溅扬,十步之外都领略得到那一潭魔光。"说印尼的一处小城,在半旧不新的20世纪50年代:"我的老家正好坐落在城南城北的交界地带,宅院西化,内里却是暗香疏影的翻版……路过的汽车里坐的总是洋装男女,靠在三轮车上养神的全是鸳蝴小说的主角。天很热,那些男人的脸像炸子鸡的鸡皮那么油亮;睡过午觉洗过澡的女人也仿佛刚蒸出来的寿桃包子,红红的胭脂和白白的香粉都敷上一层汗气。"说韵士高人:"这家伙嘴里含着银调羹出世,绝缘尘虑。"说回忆之不可靠:"另一些记忆却全凭主观意愿妆点,近乎杜撰,弄得真实死得冤枉、想象活得自在。"说男子瘦削而英挺,谓"身高入云"……遣词造句是作者的眼波流注,此种顾盼,有别于郁达夫,有别于徐志摩,有别于林清玄,只能是董桥。

"身高入云"，这词未必为董桥首创，却似乎是为他度身定造。在你看来，董桥如果翩然现身，就应该是这般风景。

比起台北的安闲、静谧，香港无疑是万丈红尘。街道窄如峡谷，人流猛过山洪，热浪扑面，市声震耳。你不是马，到此也无端变成了马，眼底不时掠过生活的鞭影。你不是鱼，到此也忽悠变成了鱼，七沟八汊七拐八弯地寻觅出路。那天，你就扮演了这样的一尾鱼，游在铜锣湾，游在中环，最后游过了海，来到尖沙咀。

你在尖沙咀小憩。近岸有艺术宫，艺术宫辟有袖珍公园，公园里盘踞着遮天蔽日的老榕。你坐在老榕下，摊开一册杂志，悠然，陶然，一任海风吹拂，光影亲吻。

巧了，手上另一本刊物设有台湾散文大家余光中的专栏，让你觉得这简直是在和董桥打擂台。余氏本期的作品名《黄河一掬》，写的是在济南郊区看黄河。平常而又熟烂的题材，在余氏腕底竟一咏三叹，九曲回肠。

你且从容咀嚼。余氏行文一贯讲究色彩，譬如初见黄河："除了漠漠天穹，下面是无边无际无可奈何的低调土黄，河水是土黄里带一点赭，调得不很匀称，沙地是稻草黄带一点灰，泥多则暗，沙多则浅，上面是浅黄或发白的枯草。"而远处，在对岸的一线青意后面，有隆起的山影状如压扁了的英文大写字母"M"，"正是赵孟頫的名画《鹊华秋色》里左边的那座鹊山"，又指出徐志摩那年空难，也就在鹊山的背后，于不经意间引经据典，处处凸显学者的本色。余氏还是诗人，诗心不会不有所表现。但见他在众人的注目下，"岌岌加上翼翼"，把

"手终于半伸进黄河"。一刹那,他的热血触到了黄河的体温,思古之情、感今之慨如黄河之浪滚滚而来。禁不住临风啸吟:"不到黄河心不死,到了黄河又如何?又如何呢,至少我指隙曾流过黄河。"

假如文章到这儿戛然而止,也不失为一篇美文。报刊上习见的散文,多半是这种套路。余氏不愧是大手笔,他笔尖忽然一挑,带出了在山东大学朗诵关于黄河的诗作《民歌》时五百听众齐声相和的盛况:"传说北方有一首民歌/只有黄河的肺活量能歌唱/从青海到黄海/风/也听见/沙/也听见!"流沙河曾奇怪他没见过黄河怎么会写得如此感人,余氏回答得好:"其实这是胎里带来的,从《诗经》到刘鹗,哪一句不是黄河奶出来的?"因此,面对黄河河道的日益枯萎,他喟然长叹:"黄河断流,就等于中国断奶!"余氏从眼前黄河的淤塞,顺手引出龚自珍《己亥杂诗》中的悲愤:"亦是今生未曾有,满襟清泪渡黄河。"以及他的情人灵箫的酬唱:"为恐刘郎英气尽,卷帘梳洗望黄河。"

写到这儿,作者"从衣袋里掏出一张自己的名片,对着滚滚东去的黄河低头默祷了一阵,右手一扬,雪白的名片一番飘舞,就被起伏的浪头接去了"。多么浪漫,又多么出人意料。余光中毕竟是余光中,诗家毕竟是诗家,你不能不为他的才气和慧心折服。

且慢,余氏笔意未尽,余音还在袅袅:"回到车上,大家忙着拭去鞋底的湿泥。我默默,只觉得不忍。翌晨山大的友人去机场送别,我就穿着泥鞋登机。回到高雄,我才把干土刮净,珍藏在一个名片盒里。从此每到深夜,书房里就传出隐隐的水声。"

这才完结了一篇珍品。这才完整了余光中。余氏是修辞大家,词豪调激,色浓藻密。本篇在他的作品中并非典型,却写得婉转、明净而又感人。同是这篇文章,如果移到余秋雨的名下,就会显得造作,移到贾平凹的名下,就会过于庄重,移到张晓风的名下,就会相对拘谨,文风各别,一如其面。

改天在湾仔,也是袖珍公园,也是浓荫下,隔海遥对尖沙咀,你读王鼎钧的散文。董桥、余光中、王鼎钧,是当前港台最具实力的散文重镇。翻开后者文集的同时,你突然涌起让三位同场竞技、一较高下的欲望。前二位的文章,刚好一人读了一篇,并且是纯属偶然,未加挑选,为了表示公平,你闭上眼,捧着王鼎钧的文集,信手翻到一页。你翻到的就是这篇《闰中秋,华苑看月》。

王鼎钧本篇写于1995,那年闰中秋。中秋赏月,这是华人文化的积淀。在美国纽约州赏月,哪儿最是相宜?他选中了北部的度假山庄"华苑"。第一个中秋,冷雨飕飕,大煞风景。好在第二个中秋天朗气清,花好月明,异乡客,终于梦圆今宵。

且听他娓娓道来:第二个中秋,"车到华苑,月正中天,光华扑面,近在眼前。这月仿佛是另一个月,来时途中所见的月,是一个天真的公主,到了华苑中庭,月是一位华贵的皇后。她步下重阶,敞开庭院,纯净天身,四野透明,夺目中疑有裙裾摇曳,扫退众星,缓步前行。"

且看他笔下飞彩:"月神巡行,似有天使献花,她的四周出现虹一样的环。似有天使扫街开道,脚前的星赶快躲开,等她走过,从背后伸出头来。夜色如雪,化中夜为黎明,这时,月重新磨洗,月中没有玉兔桂树,没有火山坑洞,只有美,美走过去,落下来,草上霜华四溅。这是月的领地、美的容器,万古千秋,若有所待。"

以下的叙述近似魔幻:"月下,高尔夫球场在失眠。苹果在捉迷藏,葡萄嬉笑,马场如一张宣纸等待落墨,西点军校排列着英雄梦,庄严寺檐角高耸指月为禅……华苑有湖,月到湖心,天如水,水如天。湖面如镜,是放大了的团圞,微风拂过,水纹以扫描释放皎洁,水月似空似色,似有为似无为,似人间似天上。湖畔月下,不知此身是水是月,恍觉此世是水也是月。"

这一节华美而睿智的抒发,最是鼎公的擅长:"你来看月,月也一定看你。你将从月中看见一切美:正在拥有的美,业已失去的美,尚在幻想的美。一切如意,即使是死刑犯,也不会从月中看见刽子手。即使是破产者,也不会从月中看见债主。如果什么也不想,那就试试看,让月把你照成一团空明,不垢不净。"

王鼎钧之不同于董桥,不同于余光中,也不同于朱自清、秦牧、杨朔,这是一眼就可看出的。此篇在鼎公集中入抒情类,属上品。鼎公似乎不喜亮相,你书架上有他的数种文集,哪一种也没有他的照片。他究竟高矮胖瘦,精明木讷,一无所知。哈哈,现在就看你的能耐了。你说,就冲眼前这一篇文字,你直觉鼎公长得是什么模样?

这个嘛,嘿嘿。从笔调看,余光中当年也酷爱这般烛照万彩,急管繁弦,而且其语言的"弹性和密度",比起鼎公更有过之而无不及。但余氏晚年放松节奏,如黄河 5400 多公里,绕河套,撞龙门,过英雄进进出出的潼关一路奔流到鲁,渐入疏朗平阔。董桥么,历来雅好"窗竹摇影""野泉溅声",逍逍遥遥一派斯文。是以,董文令你想到翩翩公子,余文令你想到舒舒长者,而王文,则令你感触老而弥坚,中气十足。就这么斗胆拍板,容你想象,鼎公外貌,必定像文章中写到的"红枫紫槭",屯霞宿云,焰焰欲燃,苍劲到极致,而又古朴到极致。

  返京之前精简行李,你把书报统统扔掉,仅把董桥、余光中二位的大作撕下保存。为了保证对董、余、王三位先生上述三篇文字的足够敏锐和专注,你又把鼎公文集的其余文章用透明胶条封牢,只留下一篇《闰中秋,华苑看月》,并且决定,年内不再涉猎三位先生的任何其他文字。

(2001 年 9 月)

三　峡

城，为宜昌。关，为南津。久闻宜昌城乃三峡之起始，殊不知南津关乃三峡之门户，而三游洞又乃峡口之洞天福地，桃源胜境。卯年岁初，一个透明而微醺的半下午，友人为我补上了这迟来的一课。"三游"之谓，乃纪念唐代诗人白居易、白行简、元稹首创"到此一游"。方是时，洞隐绝壁，俯临深壑，非梯架绳缒不可入，入则空阔轩敞，如传说中之神仙修炼之所。让人在造化之前感叹造化，攀登之余吟味攀登。三人各各赋诗题壁，白居易并作《三游洞序》，地以人彰，文以景著，后世慕名而来者不绝如缕，若宋代，鼎鼎大名的，便有苏洵、苏轼、苏辙。"前游元白后三苏"，他们踩点，打前站，我们跟进，收获诗文和古迹，品味的是空灵，是超越，是"更上高峰发啸歌，风吹下界惊鸾鹤"。

是晚登上游轮，次晨启航，午前停泊"三峡人家"。乘缆车径取峰顶，浩浩乎如凭虚御风，现代科技给了你一双鹰的眼，这是一种高度，一种境界，让你恍悟那山势的千起百伏、山颜的千娇百媚，集纳了人类几乎所有层次的审美体验——从宇宙洪荒的造山运动到疑真疑幻的令牌石、灯影石，从悬河注壑的瀑布到曲似九回肠的溪涧，从色与彩的燃烧、流泻到光与影的追逐、纠缠。山中半日，世上千年——要千年的红尘浊世才能慢慢积累、领略。你从山巅一路玩赏到溪畔，赶紧打住，唯恐待久了拔不出脚。

　　午后，船过三峡水闸。闸分五级，如登楼梯，拾级而上。然而，人未迈脚，船亦仅作水平的位移，奥妙何在？用一个成语表述：水涨船高。最复杂最先进的，其实也最简单。出得第五道闸门，江面豁然开朗。大坝外面是碧水，碧水外面是青山，是白云，山在傍水处托出一座新城，云在水尽头散作万缕青烟。长波天合，渊渟岳峙。李商隐诗云"春水船如天上坐"，油然涌上舌尖。游客把自己交给船，船把自己交给水，水把自己交给云，云把自己交给天。恍兮惚兮，说不清身在船上，身在水上，身在云上，身在天上。

　　鸣！——汽笛长鸣。游轮徐徐西行，从容安详如凌波仙子。我登上六楼的甲板，借"微博"向天南海北的网友做现场播报，忘了观察江水是怎样由黛碧化作酡红又化作暗紫与深灰，蓦地惊觉，暝色已悄悄撒满峡江。"三峡千古不夜航"，那是老皇历了。须臾，月出东山，光华如水。月下，江面，前也是行舟，后也是行舟。探照灯在脉脉交流，马达在低吟，游鱼出听，宿鸟惊飞，夹岸群峰窃窃私语，千百年来，这是第一轮不眠之夜。三闾大夫从左后方的凤凰山送来夜航祝福。庆幸，崆岭滩已长埋波心浪底，深深。牛肝马肺石裹上一袭青袍，化具象为抽象。兵书宝剑峡红光烛天，似星斗，又似瑞气。幻觉里，王昭君犹在香溪浣洗罗帕，偶尔抬头送过盈盈的笑；陆游仍伫立在南岸楚城遗址的风口，遥望江北怅叹："江上荒城猿鸟悲，隔江便是屈原祠。一千五百年间事,只有滩声似旧时。"而今谷升陵降,山水异势,屈原祠已挪地重建。仰观银汉迢迢,俯察江水泱泱,耳畔渔歌互答,滩声不再似旧时。

记不清在秭归还是巴东入睡,重登甲板,船已驶进巫峡。甲板上撑满了五颜六色的伞,因为雨。雨从半天云里飘洒而下,从两岸的峰巅、林梢飘洒而下,从楚辞、唐诗里飘洒而下。自打有了宋玉的《高唐赋序》,就有了缠绵悱恻的"巫山云雨";自打有了李商隐的《夜雨寄北》,就有了烛影摇红的"巴山夜雨"。雨啊雨,滴滴答答,淅淅沥沥,敲在伞面,敲在甲板,敲在船舷。神女峰在哪儿?朝云峰在哪儿?游客大呼小叫,东猜西猜。我也惶惑,目光穿透层层雨幕,但见摩云凌虚的危崿,一座接着一座,你推着我,我搡着你,争先恐后地迎迓游轮,不,游人。"知道巫山十二峰吗?"转身问一位苏格兰的游客,两天的风雨同舟,彼此已形如"驴友"。此刻,他由一位女伴打伞,忙不迭地按动手中相机的快门。"不知道呢。"他答。"那您在拍摄什么?""拍画呀。"他奇怪我竟然如此发问,指着半天空一影烟雨迷蒙、虚幻如"米氏云山"的峰峦,大声补充,"拍你们中国的水墨画!"

船进瞿塘峡,云收雨歇,天气放晴。终于有机会好好品味,这山,这水。水,为湛碧,为渟泓,为莹彻,为激滟。山,若昂藏,若磅礴,若孤拔,若鼎峙。山姿水态本已炫人眼眸,再加上任意排列组合,并辅之以光与影的旋律、韵律,辅之以你的直觉、错觉、幻觉,摊开来,摊开来,无一不是天然隽永的风景。方此时,船行江心,才惊危崖特立,飞泉激射,一个转折,又讶峰峦叠秀,倒影沉碧,再一转折,更喜含霞饮景，浮光耀金！

俯仰低回之际，游轮长啸驶出夔门。江北一峰崒然特起，白帝城到了。此峰原为半岛，三面环水，一面倚山，掌控瞿塘峡口，乃兵家必争之地。三峡库区蓄水后，倚山的那面亦已沉入江底，从空中鸟瞰，宛然茫茫巨浸中浮漾一只青螺。船泊码头，随众人上岸观光，北侧有廊桥飞架，过桥登山，迎面山门上镌刻着杜甫的名联："白帝高为三峡镇，瞿塘险过百牢关。"寥寥十四字，道尽了天造地设、鬼斧神工！山上有白帝庙，庙内庙外碑刻如林，历代文坛大腕，如李白，如杜甫，如白居易，如刘禹锡，如苏轼，如黄庭坚，如陆游，都曾登临揽胜，留下炳若星辰的诗篇，是以白帝城又称"诗城"。这格调高！它一下子把众多围绕山川草木、花鸟虫鱼取譬的城市比了下去。金戈铁马的演义从来短促，"刘备托孤"的故事空留余韵，高江急峡的雷霆也已化作渺渺逝波，唯有文化的光彩历久弥灿，万古不磨，抚慰着历史，也抚慰着现在和未来。我在碑林间徘徊复徘徊，想，倘若千年诗城举办千载诗歌大奖，从中遴选出一首气壮山河、砥砺人心的佳构，让我投票，我一定投李白的《早发白帝城》。其诗云：

　　朝辞白帝彩云间，千里江陵一日还；

　　两岸猿声啼不住，轻舟已过万重山！

瀑之魂

那天午前,行走在浙南的某处溪谷,一路上清风开怀,绿水洗心,繁花润眼,加以苍崖翠壁,怪石幽泉,蝶舞蜂喧,款款撩人诗兴。走着,走着,我不由停下脚步,提议说:"就在这儿观赏吧。"主人接话:"你累了吗?累了就歇息歇息,待会儿再走,景点在前面。"无奈,只得继续前行。半晌,转过一个山嘴,山腰里敞开数亩梯田,点缀两三农舍,檐前竹影摇曳,鸡鸣犬吠,岚光氤氲,一派隔世的光景。我又流连不走,说:"莫如就在这儿待到傍晚。"主人摇头,撺掇道:"行百里者半九十,你已经走了九十九了,还不干脆走到底!"我转而问他:"前边到底有什么好看?""到了自然明白。"主人露出满脸的神秘。

终于走近,原来是一挂瀑布。

说起这挂瀑布,其实极为寻常,既无附近雁荡山大龙湫那种悬泉百丈、玉龙垂饮之势,更无贵州黄果树那种虎啸狮吼、山崩地裂之威。你瞧,迎面这堵山崖,高仅十来米,有水流从崖顶的缺口扑跌而下,泻成一匹厚薄不匀的白练,末了注入山脚的浅潭,溅起七零八落的水花。除此而外,稍微能吸引游人眼球的,就只有潭心生长的一株蟠槭,和从潭口漫出的一条曲溪,溪底山色斑驳,碎石狼藉,如是而已,如是而已。

我不忍拂主人的一番美意,遂在潭边择了一块大石,坐了下来。

老实说,我对眼前的景致不感兴趣,与其说是在观赏,莫如说是在想象,我一边和主人有一搭没一搭地聊天,一边在努力搜索古人关于瀑布的描绘。最先浮上心头的,自然是李白的神来之笔了:"飞流直下三千尺,疑是银河落九天。"随后在脑际闪烁明灭、跳来跳去的,多是些忘了姓名的作者的词句:"千仞泻联珠,一潭喷飞霰","峭壁开中古,长河落半天","乱抛雪玉从天下,散作云烟到地飞",等等。到后来库藏挖尽,实在没词形容了,思绪一跳又跳到王维的国画山水,王维是诗人兼画家,在他的笔下,飞泻的瀑布总是和云烟绸缪在一起,让你分不清究竟孰是飞瀑,孰是流云。

遐想间,一个激灵,思路突然拐了方向。眼前这道瀑布,在我来说,固然平淡无奇,但在当地人眼里,却是绝妙的风景。你可别小看了她,在这儿,她起着画龙点睛的作用!此地多山,有山必有谷,有谷必有溪,而溪流的起点,往往就有一挂瀑布。美选择瀑布显影。她是载体。她是核心。你想,倘若没有这道瀑布,光有这堵悬崖,嶙峋自然是嶙峋的,嵯峨自然是嵯峨的,但它很难留住游人的脚步,更不会招来茶室、摊贩,热闹起一个新兴的景点。

有瀑布就大不一样!按照"天地化育,阴阳互动"的原理,水之跌落为阴,山之耸拔为阳,一阴一阳,刚柔相济,动静相生,上下相形,固体和液态搭配,永恒和无常对峙,天地立马就生发神韵,山水顷刻就磅礴华彩。

一念及此，眼前的瀑布也变得神气起来，灵动起来。我盯着她默默参禅，她当着我顾自高歌。俄顷，一阵山风吹来，半空里突然升起一朵火焰——液态的火焰。没等我瞧清楚，火焰又幻化成一位少女。我揉揉眼，没错，在悬崖前踏云而舞的，正是一位缟衣银裳的少女。她的头发若亚麻，皮肤若青田玉，手中舞动一柄龙泉剑；剑光霍霍，惊落一天花雨。这不是我期待的美人，不是，她的目光太凌厉，咄咄逼人，不怒而威。作为欣赏对象，我倾心温柔型的，是娇小玲珑，而又楚楚可怜的那种，而眼前的这位穆桂英，只能使我敬而远之。哦，她不是别个，她是瀑布的灵魂！

少女显然明白我的心思，剑尖一指，在水潭外数米的平地，腾空又飞起一朵火焰——液态的火焰。须臾，火焰中也幻化出一位缟衣银裳的少女。她的头发同样呈亚麻色，皮肤同样如碧玉般光洁，杏眼却溢满笑，手里拿着的，不是剑，而是一簇散发着光芒的七色花。

这应该是喷泉的灵魂！

瀑布和喷泉，是水流的两大杰作。一个从高处跌下，粉身碎骨亦在所不惜，一个从地心激射，争先恐后地触摸浮云；瀑布揭示的是悲壮的美，喷泉展览的是高扬的力；在瀑布的奔涌里我们体会到前赴后继，不屈不挠，在喷泉的飞射中我们感受到青春焕发，热情洋溢；瀑布的背后有水帘洞，是山精野魅藏身之窟，喷泉的四周是广场，是狂欢游荡之所；瀑布是阻挡，是屏隔，喷泉是散射，是开阔；瀑布裹挟着风雷，就像裹挟着永恒的思想，聚则成渊，放则成川，喷泉犹如怒放的心花,向蓝天炫耀大地的骄傲和美丽。从东西方各民族的传统和习惯来看,国人似乎偏爱前者,千古以来,瀑布一直是诗词、绘画以及园林的主题;西方人则更爱后者,在他们的教义中,泉从地心涌出,从伊甸园的生命之树根部涌出,是神圣的血,象征万物起源。是以,瀑布的灵魂附在秦始皇的身上,长城是砖化了的飞沫;喷泉的因子潜藏在哥伦布的血液,在四望无际的大西洋航程,他的心里始终有一眼活水。"你说牵强?不,这只是一个借喻!"在喜马拉雅山、巴颜喀喇山的雪峰间,在黄河、长江的波涛里,随处都可觅到瀑布的灵魂;喷泉在我们的生活中尚属西风东渐,她的灵魂在阳光下自由漂泊,寻找更多赖以附体的对象。

　　……又一阵山风吹来,飞扬的水沫泼了我一脸,伸手抹了一下,清凉中透出微微的甘甜。云雾中持剑的少女和拈花的少女都在冲我微笑,我也报之以微笑,并且热情相邀,请她俩赴一曲华尔兹。既然世间的火苗可以共燃,那么你们——两朵液态的火焰,想来也没什么理由不能互相烛照。然而,话音未落,幻象就消失了。消失的速度之快,令我又瞬间想起两句老词"欻如飞电,隐若白虹"。恍然四顾,轰然作响的飞瀑依旧,在山崖前摆好各种姿态,拍照留念的游客依旧,周围的茶室、摊贩也依旧;仰观峰巅,但见薄翠而透明的晴空下,一只苍鹰在大写意地盘旋。

给我一点黑——普者黑

普者黑是另一种光谱：清晨，当日头喷薄东山，亿万支齐刷刷的金箭驱散雾霭，西山顶倏地架起一弯长虹，南山、北山揉揉惺忪的睡眼，一个伸腰展臂——漫坡绿叶一抖，将露珠化作亮晶晶的细雨，随风漫过村寨，漫过林莽，漫过湖心，而突然，一尾金色的鲤鱼哗地凌波跃起，惊得一群褐色的水鸟四散逃遁。正愣神间，碧澄澄的湖底又平行映出两条彩练，你急忙仰起了头看，在赤橙黄绿青蓝紫之外，更有一晕牙白，一晕酡红——宛如从千顷荷田借去了千缕彩线。

而昨夜又是怎样一番泼墨：淡月疏星，山影如魅；林非、雷抒雁、舒婷和我，与导游分乘三叶扁舟，款款穿行在湖心。两亿七千万年前，这里曾经是大海；亿载沧桑，着我们拨开历史的层波叠澜，追寻先祖的踪迹。据当地县志记载，清朝道光年间，此地始建丘北县，明朝溯至两宋，隶属于维摩部落，唐代，是南诏大理国的天下，两汉及秦，为夜郎地盘，春秋战国，附属于楚，再向上溯，在夏禹和尧舜之前，在伏羲和女娲之世，此间就有古猿人繁衍生息。年淹代远，地奇天诡。啊，难怪这夜，黑得如此深邃，如此幽玄，如此神秘。水泱泱兮山魆魆，揽星月兮怀古人。夜风中，有雷抒雁的谣曲从旧石器时代传来，坐在我对面的舒婷却似听未听，她是在独吟洪荒，还是在试制新诗？

· 77 ·

而前晚又是怎样一幕火树银花：篝火映亮竹林，灯光邀来繁星，平坦而宽阔的场地上，彝族同胞为我们表演民族歌舞。演员分老中青三代，年长的在七十左右，年幼的也就五六岁。观其水准，王剑冰猜测是州以上代表队，而余秋雨以其戏剧专家的老到判断是县一级代表队。陪同人员在一旁搭腔："哪里，这都是村里的群众演员。"余秋雨下意识地取下眼镜，拿绒布擦了擦，还好，总算没有跌落。最后一个节目，是演员和观众携手共舞"阿细跳月"，跳着，跳着，一声哨响，冷不丁就有人从背后伸过手来，给左颊抹上一把锅底灰，你还不明白是怎么一回事，右颊又热乎乎地挨上了一把。一场突如其来的"抹花脸"活动开始了，场上你抹我，我涂你，嬉闹追赶，乱作一团，也笑作一团。——彝俗以黑色为吉祥，"抹黑"，在汉文化中表示"丑化"，在这儿却是"青睐"与"祝福"的同义语。

是日上午九点，一行人出发登山。雷抒雁、舒婷打头，我与林非殿后。山名青龙，与其说是取自风水学的老套，莫如说是喻其蓊郁而逶迤的外形。仰观，峰峦耸翠，积岚沉雾。循山径拾级而上，两旁古木荫天，幽碧如浸。间有阳光自空隙处筛下，叮当有声，啊，不是阳光在弹奏，是啄木鸟，是山泉。"山路元无雨，空翠湿人衣。""蝉噪林逾静，鸟鸣山更幽。"青龙山之胜，不仅在翠，不仅在幽，更在于登高凌绝，纵目远眺。瞧，这当口，湖泊在云下，莲田在云下，普者黑村的灰墙黑瓦在漠漠青霭之墟，隐隐翠微之乡。万象交乎胸臆，仙境纵其一瞬。啊，我们千里迢迢来此采风，不就是为了一睹人间胜景吗？如果说有什么世外桃源，那么，眼前就是。盛世是什么？是化外洞天訇然向红尘敞开？是红男绿女踏破铁鞋四处寻觅蓬莱？是先民的遗泽化作了虹霓？是后辈的垦拓再现古老的伊甸园？

转道下山，正值千年古渡。一船又一船的游客摩拳擦掌地从码头出发，这是战云密布的航道，是现代版的水泊梁山。满腔的亢奋与冲动，交付热辣辣的山歌，山歌抒发不尽的，统统交付于木桶和脸盆。但见两船相遇，一方发声喊，以迅雷不及掩耳之势，兜头泼过去一桶凉水。对方立马反击，湖面上刹那桨拍浪涌，杀声震天。鏖战中，有男子嫌泼水工具"火力"不足，干脆纵身入湖，学"浪里白条"张顺，掀对方一个船底朝天。也有女子追随于后，一边游泳，一边以掌击波。彝民向有泼水节，如今已推广为常年不绝的水仗，置身其中，你会恍悟清凉清凉的涟漪，原来也是储满雷电，储满欢笑，储满色彩！我辈乘坐的小舟，赖有林非他老人家坐镇，一头敞亮的银发，不啻一篇凛凛的和平宣言，斥退了沿途虎视狼窥的好战分子，最终得以平安通过"封锁线"。然后，在湖泊分汊处，一个拐弯，径自拨开莲丛，去泽畔山根，探寻方外的奇洞异穴。

啊，普者黑在我们熟悉的语境和意境之外。你知道普通，普洱，普选，普雄，普通话，普陀山，普遍真理，普鲁士蓝，可是，你能说清什么叫普者黑？普——者——黑！三个绝不相干的汉字组合到一起，完全不讲道理，不讲逻辑，"普"得高屋建瓴，"者"得石破天惊，"黑"得霸道而又鲜活，灼亮而又俊气！

……告别邱北，告别云南，在返程的飞机上，我不无神往地想到：黄公望钟情浅绛，李思训偏爱青绿，凡·高痴迷鲜黄，徐悲鸿崇尚浓紫；缪斯啊，如果你能垂青，就请给我一点黑——普者黑。

天　籁

2011年9月23日，登黄山，此山太有名，为它唱赞歌的不知有几十、几百万，所以我不打算加入合唱。何况攀登时，因为要顾及脚下，不敢东张西望，悠然骋目。后来走累了，不想走了，就在一处坐下来。未承想，一坐就坐出了一篇散文。很满意，比较我以前写的《张家界》，互有千秋。

不过，标题上没有注明黄山，内容中也没有涉及黄山。此文因黄山而起，但又不囿于黄山。这就好，搁在哪儿都行。

山当中，身材最为高大、骨骼最为粗犷的，绝对是石头山。那些形容山的词语，随便抓上一把，比如什么岩岩、磊磊、嵯峨、峻峭、奇峰罗列、怪石嶙峋、重峦叠嶂，等等，望文生义，一目了然，都是缘于石族的——而不是土族的，更不是沙族的——视觉盛宴。

诗人说："山，刺破青天锷未残。"这是何等凌虚摩霄！你仰起头，眯缝了眼，左看，右看，上看，下看——但是呢，如果整座山都是奇岩怪石，光秃秃的，寸草不生，峥嵘是峥嵘了，崇赫是崇赫了，看久，看累，难免感觉逼人的压迫，刺目的蛮荒；这就需要绿。

绿色是一种保护色，对于眼眸，它能吸收大量的紫外线，耗散炫目的耀光。造物于是在山坡上布满植物，蒙茸的草，蓊蔚的树，郁郁葱葱，莽莽苍苍。人望上去，一派浓绿、深翠、浅碧、嫩青，心头油然而生春意，溢满愉悦。

问题是，漫山漫坡都是绿、绿、绿，景色未免单调乏味——人心是最难餍足的啊！造物有情，令旗一展，在高海拔的部位，撤去绿绒地毯，露出史前的不毛巨石，犹如书法中的飞白，绘画中的留白，使绿色与灰白、黛褐、赤红相间，形成冷色与暖色搭配，阴柔与阳刚互济。

这下好了吧？不，游人千里万里到此，面对绿海绿涛里突兀的峰巅坡脊，欣赏之余又略感遗憾……遗憾什么？你尚未开口，眉心微蹙，造物已然心领神会，但见巨手一挥，由山头向下蔓延，举凡有缝隙有裂罅处，皆狂欢般蹿起一蓬一蓬不规则的小草小花，缀之以孤高自傲的虬松蟠柏，旁及不登大雅之堂的藤葛苔藓……刻板僵硬如太古的石颜，顿时掀髯莞尔，扬眉吟哦，翩然出尘——活了！活脱脱的点石成精！

难怪诗人与青山"相看两不厌"！难怪画家要"搜尽奇峰打草稿"！却原来，宇宙的生命精神，第一即是美学。

这里说的是一座山峰。如果是两座、三座、若干座呢，又得讲究个前拥后簇，高矮参差，错而得位，乱而存序。"横看成岭侧成峰，远近高低各不同。"哈，一座美不胜收的大山就这样横空出世，笑傲人寰。

树枝头，一只鸟儿飞过，无声，有影。你等待蝉噪，等待鸟鸣。蝉未噪，是心弦在撩拨；鸟未鸣，是诗情在发酵。记起南梁诗人王籍的名句:"蝉噪林逾静,鸟鸣山更幽。"好个"林逾静",好个"山更幽",王籍生平不得志,事迹湮没无闻,却因了这两句诗——就两句,数来数去只有十个字!——开宗立派,引领风骚,名驻诗史。真是一字千金、一本万利。说到底,好诗也如同好山,不愁无人激赏。

远远的一朵闲云飞来。到得跟前,瞬间扩散成雾,幻化弥漫,蒸腾涌动,遮去眼前的石径、林莽、幽潭,山腰的云梯、峭壁、亭阁,只露出若浮若沉的峰尖,如岛,如鲸,如山寨版的海市蜃楼。美有千娇百媚,美亦有千奇百怪,雾为上苍的道具,一半的美都从云雾中来。

恍惚间有一粒雨,落在额头。愕然间,又一粒雨,一粒,巧巧落在唇边。我笑了:是云在行雨。云也笑了:从缝隙送过来一束阳光,金晃晃的,耀得眼睛睁不开。赶紧戴上墨镜,再抬头,阳光也笑了。我分明看到一影彩虹,恍若"美的惊叹号"。

雾渐渐散去,山道上过来一位挑夫,竹制的扁担横在右肩,一根差不多长的木棍搁在左肩,压在扁担下,向前伸出,与扁担成丁字状,左小臂搭在木棍上——想必是用来平衡双肩重量的吧。这种借力的方法,我是第一次见到。走近了,是一位三十来岁的壮汉,有着岩石一般的嶙峋骨架,挑的是粮食、水果、青菜,蓝布的坎肩为汗浸透,低着头鼓着劲,额角、脖颈、胳膊皆毕露着青筋。挑夫把担子放下,抽出木棍,一头杵在地上,一头顶着扁担,那高度,正好供他可以半站着歇息,不用大幅度弯腰。

"买根拐杖吧。"挑夫大声说,不像是兜售,倒像是谁粗心失察,疏忽了登山的装备。

左右无人，冲的是我。扭头，瞥见他装载果蔬的竹篮边插着两根藤杖。

瞧我年老？嘿，偏不买。实用功能，对我近于零；买回去做纪念吧，又岂不沾了负面的暗示。我摆摆手：不要！瞬间趁机把另一根手杖，记忆中最早也是最无价的手杖，急速温习了一遍：那是上古，那是鸿蒙初辟、神人不分的时代，夸父发奋追赶太阳，后勤给养跟不上，途中干渴而死，仆地倒毙之际，手杖从掌心滑脱，依惯性向前方飞去，杖尖插入泥土，立马化作夭夭灼灼的桃林。

这是古典的浪漫。不可复制，仅存象征。我非夸父，藤杖也决不会化作桃林。遂收回目光和思绪，仍旧仰了头——这回凝视的不是峰尖，而是刚刚从云雾中探出脑瓜的一株巨松。

这株松真是华贵英拔到极致！看哪，在纠蟠纠结的铁根之上，在离地半人高处，一干蘖生出五枝，相拥相抱，勠力向上，状如一把撑开的巨伞，不，一座绿色的通天塔。所有的枝柯都不胜地心引力，展开来，展开来，微微向大地倾斜，所有的松针又都和地心引力较劲，挺身矫首，戟指昊昊苍穹。啊，它们是如何从脚下贫瘠的岩层汲取乳汁，又是如何从头顶的日月星辰窃得天机？难以揣想，不可方物。这煌煌意象令我迷醉，就是这样，哪——就是这样，我把自己遗弃在原地，直到日色转暝，薄寒袭肘，同伴从云海山巅玩了一转回来，仍旧仰了脖颈，且屏住气，像一根心怀虔敬的松针，为天庭瑰丽、神奇的乐章所吸引，全神贯注，洗耳聆听，目光亦随之越过树梢、云层（看得见的或看不见的），努力向上，向上……

山村音乐会

时间,农历八月十四;地点,陕北吴堡县辛庄村,经济学家张维迎的老家。

下午三点,维迎陪我在峁上洼里转了一圈,回来,在窑洞门口,他和父亲商量,要招待我听戏。听戏?我在脑海里急速打转,揣摩不出是什么场面。须臾,来了一位拉二胡的,维迎的本家叔叔,大号张建其。稍后,又来了一位拉板胡的,维迎的四姨夫,姓李。两位皆不识字,曲谱全凭脑记。加上维迎,他以茶缸当木鱼,以竹筷当木槌,这就组成了乐队。地点,设在正窑。

环顾室内,听众也者,除了我,就是维迎的老父,但见他坐在一把原木椅上,跷着二郎腿,笑眯眯地,端着杯茶,不,酒,啤酒——那颜色和绿茶相似。演员呢,在这山窝窝里,能请到谁?正在胡思乱想,维迎的父亲开腔了,他报了首《绣金匾》,吩咐乐队奏过门……闹了半天,原来是张老爷子亲自上阵——这礼数太高了!这结局太出我意料了!

老爷子并未起立,甚至没有放下酒杯,只是收起二郎腿,挺起胸脯,唱:

正月里闹元宵，金匾绣开了，

　　金匾绣咱毛主席，领导的主意高。

　　二月里刮春风，金匾绣的红，

　　金匾上绣的是，救星毛泽东。

　　……

老爷子一开口，顿使我刮目相看……维迎的父亲，大号张福元，1931年生人，今年77岁，个儿和维迎差不多（年轻时略高），光头，长圆脸，下巴微翘，着深蓝T恤、蓝裤、黑皮鞋……演唱间，满脸笑纹，神采飞扬。

　　一支唱罢，接第二支：《三十里铺》

　　提起个家来家有名，

　　家住在绥德三十里铺村。

　　四妹子爱上了三哥哥，

　　他是我的知心人。

　　……

昨天下午，在从太原至吴堡的路上，听同车的冯东旭讲，《三十里铺》中"四妹子"的原型人物叫王凤英，他多次采访过，今年82岁，仍然下地劳动——陕北民歌多半产生于实际生活，是用老镢头刻在黄土高坡上的音符。

我生来五音不全，于歌唱是门外汉，听张老爷子的行腔，看他的风度，不像生手，颇似训练有素。关于张老爷子，我其实是"有限公司"：只听说他12岁丧父，母亲改嫁，从小没念过书，人颇精灵强干，年轻时当村干部，一直当到七十四五，这两年，才从党支部书记的位置上退下来。村书记当到七十四五，相信在全国也是不多的吧。可惜不识字，要不……

张老爷子唱完最后一段："三哥哥今天上前线，任务派在定边县，三年二年不得见面。三哥哥当兵坡坡哩下，四妹子崖畔上灰不塌塌，有心拉上两句知心话，又怕人笑话；有心拉上两句知心话，又怕人笑话。"这当口，维迎的大姐进来，替父亲续茶，老爷子摆摆手，说明杯里是啤酒。

老爷子呷了两口啤酒，清清嗓子，示意继续往下唱。是酒精的作用，抑或是兴奋的缘故，脸上泛起红光，一漾一漾的。这回，唱的是《赶牲灵》。这是陕北民歌中的精品，创作者叫张天恩，本身就是赶牲口的——也是昨天，在太原至吴堡的路上，东旭曾一个劲地给我"布道"……东旭说，张天恩是吴堡张家墕人，从小爱闹红火、爱闹秧歌、爱唱陕北民歌，爱到如痴如醉的地步，他可以不吃饭不喝水，但是不能不赶热闹不唱歌……张天恩是天才的艺术家，是吴堡的骄傲，是他把李有源的《东方红》最早唱到延安，把《赶牲灵》唱到全国……且听张老爷子的歌声：

  走头头的那个骡子哟，

  三盏盏的那个灯，

  哎呀带上了那个铃儿子哟，

  哇哇儿得的那个声。

  ……

你若是我的妹妹哟，

你就招一招你那个手，

哎呀你不是我的妹妹哟噢，

走你得的那个路。

　　陕北民歌落脚点多在一个情，宜于年轻男女在空旷荒漠的山峁上扯起嗓子宣泄，如今从年近八十的张老爷子嘴里唱出，本身就是非凡的幽默，待唱到"你若是我的妹妹哟，你就招一招你那个手"，老爷子的手也高高扬起，一挥，再挥，目如闪电，四下传情。

　　三支歌罢，门外一位汉子叫着"好"，掀帘而入。维迎起身介绍，来者叫霍东征，是他小时候的同学，极富文艺天才。他当返乡知青时编过一出戏《会场一角》，就是东征主演的。东征后来上调到县文工团，这几年跑生意了，开车拉煤。

　　东征是县里的专业水平，表演起来自有大家气概。他唱了几首晋剧、眉户剧，高亢清亮，响遏行云，烤得人热血翻涌，荡气回肠。可惜我听不懂词，只依稀咂摸出那类似秦腔的几分雄浑，几分苍凉。

　　演唱天擦黑而散。

　　我问维迎："你爸爸是乡里的歌手吗?"

　　维迎回答："听妈妈讲，爸爸结婚前爱闹秧歌，结婚后就再不唱。我在家那么多年，未听他唱过，只是这两年，听说他偶尔喊几嗓子。刚才我和他商量演戏，也是说请东征来，没想到他先自唱开了。"

　　维迎的大妹提供了一个细节："还是很小的时候，一次，我听见爸爸在梦中唱歌。"

"你说清楚,是你在做梦,还是你爸爸在做梦?"

大妹回答:"是我爸爸。那天他睡得早,我听到炕上有人唱歌,以为他没睡着,再看,爸爸一边唱,一边还讲梦话。那是我第一次听爸爸唱歌。"

《西行漫记》的作者斯诺说:"走向陕北,才知道什么是真正的中华民族文化。"今天在窑洞听张老爷子唱歌,真正让我大开眼界。我想到京城,年年都要举行春节晚会,年年都是看惯了的老面孔,听惯了的老歌子,何妨换一换套路,比方说,也上一些原汁原味的不要包装的乡村演唱,也让张老爷子这样的地地道道、货真价实的农民歌手登台——土是土点,管保别有风味!

(2008 年 8 月)

泉城听涛

小住泉城,下榻一家以"泉"入名的酒店,听了一宿的涛声——涛声?此地远离大海,距浩荡过境的黄河也有20多里之遥,哪来的波喧浪哗?唯有中央空调,兀自洋洋得意地嗡嗡着,关掉吧,嫌太热,室温坚守在33℃,居高不下;打开,又嫌太吵,害我心烦意躁,辗转反侧……

莫知过了多久,瞿然而醒,侧耳谛听,"哗——!哗哗——!"似海浪卷过沙滩;俄而"溯——!溯溯——!"若惊涛撞击岩石。怪事!我这是在哪儿?——嗯,在泉城,高卧在一家酒店的二十二楼。夜色未央,电脑在休眠,电视在假寐,走廊人杳,隔壁酒楼的灯火阑珊,远远的市声也歇了,散了,隐了,枕畔何来的涛吼?

宁非幻觉?

须知,五亿年前,这儿属于汪洋。一亿八千万年前,伴随莽烈的燕山运动,海底才隆升为陆地。澎湃过,鱼龙出没过,那些曾经的潮涌潮落鸥舞鸥翔鲸鼾鲸息,必定有一部分记录在地表下的水成岩,犹如早期唱片上的纹路,今夜,则借了我心灵的拾音头,重温《涛声依旧》。

时光溯流。沧海横溢。人类从海洋中走出，人类却再也难以回到海洋，只能望洋兴叹。昨天，不，前天，正是为这远古的"自由的元素"（普希金语）所祟，我去了济南市博物馆，想弄清泉城地壳变迁的演义。步入第一展厅，我不无失望，博物馆展览的是"有史以来"——它不管天地玄黄，宇宙洪荒。

馆不大，仅两层。徐北文撰写的前言，概述的是9000年以降的文明史，从后李文化到北辛文化，迤逦而至大汶口文化、龙山文化。彼时，那时，海陆定位，人类启蒙，文明起步。徐先生指出，5000年前，济南属于东夷，领导者名舜，曾躬耕于历山，"他的孝友仁爱的品德受到人民的拥戴，成为儒家的理想——天下为公、世界大同的典范。"啧啧，这是另一种海洋，思想的巨浸，道德的沧溟，不由人不肃然起敬。

舜曾经耕作的历山，即今日的千佛山，坐落在泉城的东南隅。博物馆借势，紧偎其脚下。我下榻的酒店，也借它的风水：崇刹高栋，苍松翠柏，推窗即见。出酒店不远，更有"舜井"之古迹，"舜耕""舜田""舜华"等古意斑斓的地名。舜是一个如日月经天江河行地的古帝，一个未经注册、即便注册了也无人理会的公用商标，皇皇神州，东西南北中，到处有人打他的旗号。我是一个业余考古学者，一个超脱任何地域之争的自由派分子，凭我多年在古文字（甲骨文、陶文）中的爬梳剔抉，刮垢磨光，我敢断言，以泰沂山系为中心的海岱地区，是中华民族的发祥地，在4000年前那场人与洪水的生死搏击中（以大禹治水为标志），泰山、沂蒙山及其周围的高地，扮演的是东半球的"诺亚方舟"。

说说就扯远了，打住。博物馆虽小，却尽有使我眼前一亮的展品，比如那些鼎，那些鬲，那些甗与甒，爵与盉，无论材质为陶为铜，基本是圆口，三足（只有一尊商鼎，方口，四足），难怪成语要说"三足鼎立"。想起了老子《道德经》中的话："道生一，一生二，二生三，三生万物。""三"，显然是"道"的最高境界了。站在这些造型简洁、落落大方的三足容器前，我忽然想到了数学、物理和艺术。古人对数的认识，应是始于一，进于二，飞跃于三，一为原始，二为进化，三为圆融。圆口容器凭三条腿稳定支撑，显示泉城初民已具备相当的数学、力学和美学修养。

心血因庄严感、神圣感而来潮，昨天上午，我趁兴登上了千佛山。人的天性就是往高处走。宇宙间如果有天梯，相信大家都会往上爬。曾有人问一位登山家："你为何要攀登珠峰？"答曰："因为它在那里。"而今我登上千佛山，也是因为"它在那里"。这是一处超然世外的所在，不但可以近瞰城郭，俯窥街道，还可以远眺黄河，极目"齐烟九点"。但天公不作美，因为雾霭迷离，云气氤氲，仅勉强辨出城区的大概，至于地平线上的黄河，以及其他什么峰，什么峦，皆隐而不现，只能向记忆深处搜求了。兴冲冲上山，怏怏下山，将登缆车，忽见在城东北方位的一角，雾破云开，露出一柱擎天的华不注（俗名华山）。瞬间怔住，脑袋嗡地一响，仿佛接到造物主的信息："你与它有缘！"脑筋急转，立马联想到学界有关"华夏"二字的诠释。华夏华夏，本为汉族的古称，逐渐演变为中华民族的统称。金庸有一次在北大演讲，他认为，华夏的"夏"取自夏王朝的国号；"华"，则取自五岳中的陕西华山之"华"。是耶？非耶？总归是一家之言。迎风一粲，想，"夏"之来源，似成定论；"华"呢，尚有待斟酌——焉知不是取自眼前泰山之北、黄河之南的华不注之"华"？！

哈哈，又扯远了。还是回到济南市博物馆，回到徐先生的前言。济南立城，南依泰山，北临黄河，"茂密的山林涵养了丰沛的水源。在市中心涌出四大泉群，以趵突泉为首的七十二名泉，以'家家泉水，户户垂杨'而闻名天下。"少年时读刘鹗《老残游记》，拍案惊奇、过目不忘的，首推这"家家泉水，户户垂杨"——简直是一处桃源胜境呢；其次，则数白妞唱曲——那声音在极高极高，像一线钢丝抛入天际之后，犹能回环转折，几啭之后，又高一层，接连有三四叠。真是金声玉振，勾魂摄魄，猜想她一定是得了清泉的滋润，才调养出这么一副好嗓子。

元人赵孟頫的诗云："泺水发源天下无，平地涌出白玉壶……云雾润蒸华不注，波涛声震大明湖……"公认为咏趵突泉的名句。趵突泉之奇，奇就奇在它对"水向低处流"的宿命的反叛，三股大呼大叫、昂首直上的喷泉，展示了水族的嘉年华，泉在，歌在，豪情在，激荡在我耳畔的《涛声依旧》，宁是包含了它的回音？关于济南人的性格特征，坊间多有评析，诸如敦厚、阔达、宽容、儒雅、多大节，等等。窃以为，还应加上一条，即势如鼎沸、形若玉壶的涌泉气度。

仍旧回到徐先生的前言。他又说："泉水汇成了大明湖，发源为长达六七百里的小清河……一条通海长河的源头居然是在繁华大城市的中心，可称世界之最。"济南地面布满了泉眼，"七十二名泉"云云，只是代表。20世纪初,吾师季羡林跟我说起,他6岁从老家清平到济南,那时,人家的地板下,街道的石板下,都压着泉,走到哪里,都有泠泠淙淙的泉声。泉出世奔流成溪,千溪万溪汇聚成了大明湖。我最初也是从《老残游记》得悉,大明湖有两副楹联,名闻天下。其一,在铁公祠:"四面荷花三面柳,一城山色半城湖",作者不详(有说刘凤诰)。其二,在历下亭:"海右此亭古,济南名士多",作者为唐朝"诗圣"杜甫。前者,写活了济南;后者,应是历下建城以来最富文学品味兼人文精髓的一则公益广告。

人托山水而寄情,山水因人而增色。古代的济南名士,最沉雄豪迈而又清新妩媚的,数辛弃疾,大明湖南岸有他的纪念祠:"铁板铜琶,继东坡高唱大江东去;美芹悲黍,冀南宋莫随鸿雁南飞。"(郭沫若撰联)最具才女气而又作金石声的,数李清照,她的纪念堂紧挨着趵突泉:"大明湖畔趵突泉边故居在垂杨深处,漱玉集中金石录里文采有后主遗风。"(也是郭沫若撰写)现代的名士,我独钟老舍,他曾客寓济南四年有半,为之留下20多篇情真意切的散文,这个数字,超过他为其他相关城市所写的作品之和。

笔者不才,此番作客泉城,也拟效仿前人,为它留下一幅文字的剪影。昨天登千佛山,就是想借它的高度,鹰瞵鸟瞰,寻找某种创作的新鲜意象。争奈天公不作美,只好怅然下山。心有不甘,临时决策,下得山来再上山——上百里外的泰山。寄望从"一览众山小"的绝顶,返身观照,觅取天机一现的灵感。

说出发就出发,日斜动身,披星赶回。人是累了,精疲力竭,草草洗浴，狼狈就寝。谁知半夜又被那恼人的涛声吵醒，"哗——！哗哗——！"似海浪卷过沙滩；"瀰——！瀰瀰——！"若惊涛撞击岩石。硬着头皮听，不听也得听，一会儿疑是幻觉，一会儿又认定是直觉……

咦，涛声里怎么有马达轰鸣？还有隐隐约约的人语？还有空调的嗡嗡？粗鲁的嗡嗡！该诅咒的嗡嗡！这是在哪儿？这是在哪儿呢？我使劲睁开，撑开沉重的眼皮，哇！梦醒，原来是梦——但见敞亮的玻璃窗外，林立而参差的高楼之外，云蒸霞蔚、万木奋发的千佛山顶，正缓缓吐出一轮红日……

空　友

搭乘波音客机去东南亚，座位为后舱某排B，靠走道，起飞不久，A座见我总斜伸着脖颈眺向窗外，津津有味于护航的浮云，便主动把临窗的位置让给我。

其实我更喜欢鸟瞰大地，迷的是宙斯从奥林匹亚山巅回视尘寰的缥缈、苍茫，当然脱不了云烟过眼，要在舒卷有致，层次分明，隙缝间的倏尔一瞥，才更见天上人间，天机云锦。

"北方干燥，水分少，云轻飘飘的没有分量。"我是自言自语，神往于南国的云海云涛。

"您慢慢领略，北方的云也有北方的韵致。"他说。

"无非是闲散，安逸。"

"这不就很好吗？您出国旅行，难免有所牵挂，有所期待，上了天，看看云是怎么逍遥容与的，把心头的羁绊都放下。"

"你是诗人？"我问。

"不，我是搞数学的。"他答。

数学啊？怎么会是数学？——想不到，想不到。

"我看您倒有点像诗人。"他把球踢了回来。

"何以见得?"

"您这么大岁数了,还有雅兴看云。瞧其他乘客,不是翻阅书报,就是闭目养神。"

啊啊,我是上了年纪了。平常不在意,经他一提醒,才意识到逼近古稀。古稀看云,看它的须臾白衣,转瞬苍狗?看它的"得路直为霖济物,不然闲共鹤忘机"?哈哈!一切尽在不言中。而他呢,鬓角无霜,眼梢无纹,约莫四十初度,五十尚遥,犹处"少年心事当拏云"的收官阶段,他不稀罕看,他要的是云龙风虎、云蒸霞蔚。

"能告诉我您的职业吗?"他问。

鉴于让位的情谊,我如实相告:"从报社退休,写写散文。"

"散文跟诗只有一箭之遥。"他说。

我颔首。

"您乘了多少趟飞机了?"他又问。

早年航空业不发达,口袋里钞票也有限,难得潇洒做一回御风之旅,偶尔屈指,历历可数。现在呢,航空进步,收入增加,出远门,尤其是出国,已习惯了以飞机代步,懒得计数——是以回答不出。

"我是256次。"他说。

"记得这么确切?"

"您不信?"他给我看一个笔记本(一上飞机就拿在手里的),"这儿有记录。"

难以置信:之前的255次,年月日,航班,座号,出发地,终止地,里程,邻座的姓名、职业、地址、电话,以及别后的联络,分门别类，一清二楚。

"为什么要记这个？这跟数学有关吗？"

"与数学无关，不，也可说有一点关联。"他答，"有句老话，叫'百年修得同船渡'，那么，我跟他们同乘一架飞机，同在一排座位，肩挨着肩，心跳连着心跳，一起在天上飞越千里万里，这是要几百年几千年才修得的缘分啊！"

"所以你极为珍惜，日后还和他们保持联系。"

"是啊。我这次去泰国，就是应一位空友之邀，1993年飞大连时认识的，他现在曼谷经商。"

空友？以前只听说空姐、空嫂、空客以及战友、校友、酒友、牌友、驴友、网友之类，今日与闻，顿感，这不是一种简单的概念，而是深谙缘之三昧的诗心。

我当即为他的诗心折服，在他的笔记本上留下了联络方式。作为交换，他给了我一张名片。这才发现，原来我们不仅同城、同区，还共享一座公园。我栖园之北，他居园之南。站在我家南向的阳台，可呼应他的北窗。而他，曩昔晨昏散步于园，不知多少次与我擦肩而过。

从东南亚回来，友谊就因公园而延伸，自然而然，自自然然。于此特别公示一例：我是羽毛球爱好者，大学时期就是侯加昌、汤仙虎的超级粉丝，球拍一挥数十年，园里有我一帮同声相应、同气相求的玩伴。他哩，原先喜欢下围棋，自打与我相识、相交，也跃跃欲试地拿起了羽毛球拍，从空友发展为球友。

纽约客舍望月

来到纽约，打算见见王鼎钧，哪怕是通个电话也行——电话号码是事先就打听好了的。鼎公曾送我四册一套的回忆录，冲这一点，也理应还礼；何况，他是纽约我最敬重的华文作家，木心去后，没有第二。

但是，迈阿密到纽约航班的临时停飞与改飞，打乱了行程的节奏，昨晚本该出现在这里的，房间早已预定，且不能退，按计划，今天，我有充裕的时间在纽约逍遥复逍遥，其中就包括联络一两位老友。结果呢，昨晚纽约的房间空敞着，我在迈阿密的机场苦熬着，今晨，纽约的清风自吹着，我在波士顿的白雪中干冻着，直到傍晚，才长途跋涉疲惫不堪地赶来白白浪费了一夜的客舍。临睡之前，我走到院里，眼里欣赏着美国的月亮，心里念想着中国的元宵节——说实话，美国的月亮使我感到荒凉、清冷，我不在乎它圆不圆。

王鼎钧写过一篇《闰中秋，华苑看月》，文章极为粹美。事情小来兮，一九九五年，阴历闰八月，有两个中秋节，他去纽约上州华苑赏月。第一个中秋，天公不作美，连宵冷雨，密云遮月。也罢，好在天上有闰，人间的失落还有机会挽回。第二个中秋，车到华苑，月正

中天,光华扑面,纤尘不染。王鼎钧用诗一般的语言铺排道:

月缓缓走去。月下,高尔夫球场在失眠。苹果在捉迷藏,葡萄嬉笑,马场如一张宣纸等待落墨,西点军校排列着英雄梦,庄严寺檐角高耸指月为禅,无雪,滑雪胜地先铺上一层幻觉。华苑有湖,月到湖心,天如水,水如天。湖面如镜,是放大了的团圞,微风拂过,水纹以扫描释放皎洁,水月似空似色,似有为似无为,似人间似天上。湖畔月下,不知此身是水是月,恍觉此世是水也是月。想起洗礼,受洗者应该来此静坐,浴月重生,圣灵定会像鸽子降下来,我们也想化鸽飞去。

写月,写纽约月的文章相信不少,我记得的,只有鼎公这一篇。

我抬头望月。月中没有嫦娥,没有吴刚,也没有桂树与玉兔。我知道这一切本来是有的,在华夏民族的眼里,今晚,他(它)们把我当成了异邦人,故意隐身不现。月亮是一架放映机,它没有国籍、立场,转到哪儿就自动播送哪国的演义。今晚,它播送的是……啊不,我从文字中看王鼎钧,王鼎钧正从月亮上看我。看着,看着,他忽然摇身一变为陈子藩。陈子藩与王鼎钧同龄,老一辈的电机工程专家,也写散文,而且写得相当出色。陈子藩写过纽约的月吗?不清楚,他长期生活在美国,写过这儿那儿的月,是肯定的。不过这无关紧要,紧要的是他写过爱因斯坦。他举过两个让人高山仰止过目不忘的例子:其一,爱因斯坦刚到普林斯顿大学,主事人问他一年要多少薪俸,他说5000差不多了。当时,年薪5000美元是物理系刚毕业的大学生的水准。主事人很为难,说:你若只要5000,别人的薪俸怎么发,请你务必站在我们的角度，通盘考虑一下。于是，爱因斯坦勉强接受了15000美元年金。其二，读爱因斯坦的讲话集，给人一个强烈的印象，他在物理学上获得的巨大成就，并非出于个人努力，而是因为有了甲的帮忙，或是源于乙的相助。就连那篇前无古人、完全独创的狭义相对论，他在谈话中也要插上一句："感谢同事、朋友贝索的时相讨论。"

陈子藩还写过胡适，也是让人一诵三叹不忍释手。胡适慷慨大度，一生助人无数，陈子藩即是之一。那年，胡适从美国回台湾，得遇青年才俊陈子藩。胡适鼓励他赴美留学。陈说没有经费，胡适就给了他400美元，作为留学保证金。陈之藩去了美国，通过半工半读，赚了一些钱，遂把借胡适的四百美元还了，并附上一封感谢信。胡适回函，说："之藩兄：谢谢你的来信和支票。其实你不应该这样急于还此四百元，我借出去的钱，从来不盼望收回，因为我知道我借出的钱总是'一本万利'，永远有利息在人间。"

王鼎钧的月亮写得好。你来看月，月也一定看你。你将从月中看见一切美：正在拥有的美、业已失去的美、尚在幻想的美。陈子藩的大师风范也写得好，以三言两语而胜多多，以光风霁月而烛照大千。前者明净如霜，秋水文章不染尘。后者表里澄澈，一湾溪水清无沙。王鼎钧写的是天上的月，陈子藩写的是胸中的月——那是人世间最纯洁的冰心玉壶，是道德天空、人格云际的一轮又大又圆的皎月。

我不知此时吾身在哪一个月，我迷失在纽约的风里。

印度洋上

　　天似湛湛蓝的电脑屏幕，云似白色的光标在自由勾勒。哪里？天似泼墨山水，云似大块大块的飞白。不，不，不是泼墨，是泼光，泼彩，泼金！睫毛高挑着湿漉漉的日头，望出去，一片浮光跃金！怎么是浮光跃金，这是古人形容皓月下的水波？对，就是浮光跃金，人在光里泅泳，金珠四散飞溅。他仰躺着，仰躺着，在热带的天幕下，在印度洋上的一个海湾。双臂向后，徐徐地，傲慢地，绅士式地，舒展，舒展。斩却羁绊的轻松，洗涤万虑的快意。随即想到唱，"我爱这蓝色的海洋……"腔调太死板；"海浪把舰艇轻轻地摇……"更嫌小气！也许只有吼："噢——噢——"不行，浪太大！那么，索性闭上眼，谛听大海的澎湃："哗——！哗——！唰——！唰——！轰——！轰——！"身子似一叶浮萍，和水沫化为一体，若梦，异国的梦。昨夜在旅店的床上，在远近酒吧通宵不歇的喧嚣声中，他也是这样向后划动双臂，快乐地，心醉神迷地，泅向金光灿烂的天堂。不是他一个，说不清多少人，一起发喊，竞争。他本来遥遥领先，忽然发现有被赶超的危险，连忙使劲划水，拼命蹬腿。怪，节骨眼上，偏就游不快。急出一身汗，醒了。望着窗外犹自惺忪的霓虹，苦笑。想起弗洛伊德，不知在他老人家眼里，这梦该怎么解释？咳，其实用不着请教洋人，很小很小的时候，母亲就告诉他，梦里跑不快，多半因为你在被窝里蜷曲着双腿。多么朴素，而且唯物。头脑立马警醒。他开始调整节奏，左右手交替后划，双腿轮流踢打，自如而又超然地，在水与天、天与水中穿渡。

一条鱼！滑过腿裆。下意识地，他一个翻身，转成潜泳，追！水是虚缈，水是情欲，水是幻境。无数的腿脚，无穷的光与影。腿脚皆变形，如蛙，如珊瑚，如灵蛇。光与影皆迷离，若湛碧，若滟耀，若溰漾。而他则成了劈水的神兽，一个猛子划开千道泓映。水莹澈现底，银色的细沙历历可辨，鱼却不见踪影。或许，在鸥鸟的眼里，他也成了鱼。露出水面长鲸般吸一口气，他想起垂钓。午前，层波拂郁的大海上，窈然黛碧的浑茫间，他曾投下钓丝。一丈，两丈，三丈，五丈，铅锤好不容易才探着底。跟着又稍稍提起，轻轻抖动，这和小时在故乡河沟不同，和现今在郊区鱼塘也大不一样。首先没有长长的钓竿，不能即兴猛甩，做得意忘形的狂欢；其次没有浮标，人鱼斗智，全凭指尖尼龙丝的实感。大鱼是不宜随便摆布的，强拉硬拽常常落得两败俱伤，你要充分考虑对手的质量和尊严，顺势，趁劲，循循善诱，步步勾引。他就失败了一次，败得很惨。一条大鱼，大得不把钓钩当一回事的"猛士"，在海底与他相持。他变得昂奋，性急，一个劲儿往上提拉。在鄰光即将闪耀的刹那，鱼钩折了。铅锤反弹出水，另一把带了倒刺的空钩，瞅准机会，狠狠扎进了他的右臂。因为霸蛮，所以报应。一拔，再拔，愣不出来。不得不请船家帮忙，动用吓众女士掩面失色的老虎钳。还好，就是这把喂了人血的钩儿，再次投向深海不久，便为他钓上了一条白花花、银灿灿的"愣头青"。在鱼儿，这应是不慎中计；在他，也多少挽回了颜面。

海是水族的世界，想凭潜泳撵上游鱼，妄想。悻悻然再次浮出水面，自嘲地抹一把头脸，随后换成蛙泳。天罩下来，海迎上去，海天交接处，隐隐有一道起伏的深蓝。数十艘银灰、乳白的轮船，在海湾的外侧挽成半圆。这就圈出天然的娱乐场。举头，大朵大朵淡黄浅紫的降落伞，凌空怒放，曳着听不见但却可以想象的大呼小叫。远望，绘成红黄蓝三色的快艇，值潮头风驰电掣；近观，但见无数的"浪里白条"，不，"浪里金条"，在劈波击水。这儿，离开沙滩仅百十米，对大海来说，不过是近岸的浅坑，对戏水的游人，已经是深入腹地。他试着又向前游了一段，右侧，有一对老外——这是沿用了国内的说法，此时此地，他也是道地的老外——男女相逐而乐。真佩服洋人的帅劲儿，在这白浪拥象、飞流喷雪的险地依然不忘扮演亚当和夏娃。男的尚存几分矜持，动作沉稳而有力。那妞儿就像活泼鲜跳的美人鱼，披撒满头瀑布般的金发，扭动轻盈的腰肢，在水波的掩护下尽情挑逗。迷你型的比基尼，近于无耻暴露。为什么是无耻？他为冒出的这个词吃惊。据说，背后的这座小岛，转过弯就有裸体浴场。只是，那里不欢迎他们东方人去，尤其不欢迎他们东方式的"羞涩"眼光。左侧，也是洋人，银发粲然的一簇。老家伙了，他敢打赌，没有七十，也有六十五！真的，在他的国内，是只配在公园里遛鸟、玩牌、斗棋的角色，而眼前的他们，却敢于在沧溟中自由出没。难道肤色不同，天性竟有如此差异？答案当然不在这里。他摇摇头，忽然感到离群的寂寞，于是折身往回返。

　　感觉有点儿累，停下，站定，刚好踩实海底。往前走，水慢慢儿退到胸脯，再退到肚脐。"你好！"有人打招呼。举着广告牌的土著少年。一双大眼在笑。皮肤黝黑，黑得令人目眩。嘴唇却红，牙齿却白。吐的是汉语。陡生好奇，眯着眼上下打量。少年以为他没听懂，赶忙换成日语。三五个回合之后，又改成英语。就那么几句，翻来覆去，为泊在岸边的快艇揽生意。词汇虽然有限，嘴皮却十分利索。这就不易！为了推销，先予沟通；为了斩获，先行取悦。他理亏似的一再摆手，解释在别处已经体验，尝过那驾长风、破万里浪的豪趣。尽管交易没成，他还是对少年表示感谢。他发现对方的笑容有一种魅力，让人不忍拒绝的蛊术，为此深感吃惊。

　　愣神间，一位同行的少女踩着浪花跑了过来，请他教游泳。这儿真好！少女娇声赞叹。好在哪里？阳光呀，空气呀，海水呀，沙滩呀，多迷人！广告中长大的一代，说话也像广告词。你看这细沙，少女甜着嗓子，多像芝麻糊，兑点儿水，加点儿糖，没准就能吃。哈哈，你是属鸡的吧？天生能消化沙。今天我替海龙王宴客，你放开肚皮，尽饱吃。叔叔，不开玩笑，我真想把它装点回去，我实在太爱这沙滩。少女跟着就唱了一句，像是粤语，他没听懂。歌声却吸引了热辣辣的目光：三位人高马大的欧洲男子，外带三位俏丽的土著女郎，手挽着手，站在沙滩的边沿，露出赞赏的微笑。

　　眼光忽然凝固。银色沙滩上，雕塑的那位银发寿星，吸住了他的视线。啊不，是真人，而且是在照片上见过的一位名人。中国名人！

倒退半个世纪,老人(那时是青年)也曾叱咤过风云,在故国的舞台。而后,举家迁居海外,从此淡出江湖。如今,在国内,除了在怀旧者的笔下,偶尔提起,相信不会再有多少人记得那位书生将军。他么,也是因为寻访昨夜星辰,接触了老人在京城的亲戚,才看到他近来的照片;并且,这是最重要的,得悉他正在这个小岛度假。机缘全在不期而遇。老人坐在轮椅里,轮椅的前一半亲吻着海水,海水呼啦来、呼啦去,像在为老人唱一首恋歌。大海多情,难为它抚平人间的一切伤痕,更难为它的一头系着故园,另一头挽着天外。海滩上人来人往,没有谁向老人多看一眼。这儿不应有人认识他。这个时代也不会再有几人关注他。瞬间的冲动,他真想走上前去,道个久仰,甚至掀开往事的帷幕,聊个山呼海啸,天翻地覆。低头看到自家光溜溜、水淋淋的身子,不禁赧然。这模样,未免不雅。况且老人未必有兴致,同他一个陌生的游客交谈。老人此刻凝思的,也许正是缤纷浩瀚而又深藏若虚的大海。海包容万汇,吞吐大千,海却无言。这是另一种境界,鸥鸟兴许能理解,但却不能翻译;沙粒或许能记忆,但却不能显影。太阳是太阳系的君主。阳光下,透明透明的喜悦。大把的光,大把的风,大把的浪。白浪如雪。北国正在下雪。往事堆满了雪。恁遥恁远!而大海在殷勤召唤,以史诗与交响乐的韵律,以创造的大彻大悟。他一步一步退回深水,掉头纵向波涛的刹那,向沙滩投去最后的一瞥,由于仰头太高,没能再次看到老人,闪入眼帘的,是那蘑菇似的帐篷,琼楼似的别墅,轻烟似的绿树,还有那,恰好剪影在晴空的直升机。

泉州帆影

泉州，僻居东南沿海的一隅。历朝历代，除了那个"直把杭州作汴州"的南宋，离煌煌都城实在是太远太远。因此，无论从黄河流域，还是从燕山脚下、扬子江畔，丹墀金銮的洪恩，权臣贵胄的擘画，都绝少向这方土地投注。也罢，得不到体制的青睐，那就不妨掉转目光，向外部世界寻求发展。穿越莽莽国境，穿越浩浩海空，浪迹南洋，交游百国。这样一来，倒使她平添了几分外向型的进取和超越性的审美视角。因而，也就是在这里，仿佛总是在不经意之间，那种从经济的港湾，从人性人格的海平面上突然升帆出航的艨艟巨舰，曾屡屡让朝廷大吃一惊。

这是一艘宋代的沉船，静静地泊在"泉州湾古船陈列馆"。乍一见，我就被它的硕大震撼了。船长34米，宽11米，载重为200吨。据介绍，这样一艘船只的货运量，抵得上700头"沙漠之舟"的总负重。而这，在唐宋之际的海船中，还称不上"巨无霸"，只算得中等。这是多么巨大的经济力！又是多么巨大的诱惑，多么巨大的挑战！难怪，泉州早在唐代就成了"海上丝绸之路"的起点。"秋来海有幽都雁，船到城添外国人"，"云山百越路，市井十洲人"，就是李白、杜甫的同行们，为之奉上的一份"时代的报告"。

　　黎民百姓自发的创造，毕竟是有限度的，政治的渴求，经济的呼唤，才是泉州港方兴未艾的根本动力。有唐一代，当"安史之乱"阻断了驼铃叮当的西北丝绸之路，泉州港便急剧上升为对外输出和引进的主要窗口。这种趋势，一直延伸到五代，并在宋元之际达到了高峰。既然是国际大港，就让我们来看一看外部世界的评论吧。元初，意大利旅行家马可·波罗途经这里，他在惊讶之余，为西方送去了"商人云集，货积如山，简直难以想象"的新闻。同样是元末，摩洛哥旅行家伊本·白图泰经过这里，又为世人送去了"大船百艘，小船无数""诚为世界最大港口之一，或径称世界之最大港亦无不可"的赞美。

　　比沉船更具生命穿透力的，是陈列馆外不远处的一排刺桐。一株株枝干劲挺，花艳似火。徜徉树下，不由又想起了一段中外交流的史话。刺桐树，原产于印度和马来西亚，唐代，泉州百姓就大力引种。如唐人陈陶咏泉州诗，就有："海曲春深满郡霞，越人多种刺桐花""只是红芳移不得，刺桐屏障满中都"。到了五代，节度使留从效扩建城池，特别欣赏这种云蒸霞蔚的舶来品种，下令环城种植。这一种就种出了个国际化的都市：泉州因之又得了一个夷化的别称——刺桐城。

　　依稀让我追慕古人旷达开放的心态的，还有遍布全城的佛教、道教、伊斯兰教、摩尼教的文物古迹。这是"夷夏杂处"、东西交融的佐证，袒露的是包容兼纳、华光四射的盛世情怀。限于行程，我只去了坐落市内的开元寺、清净寺和位于近郊的灵山圣墓。开元寺建于唐代早期，清净寺建于北宋，各有千年上下缤纷浩阔、水汽淋漓的中外交往史，供你静静地翻阅、遐想。比较起来，还是以灵山圣墓的资格为最老，因此它流溢的诗情和哲思也更加绵邈沉郁。相传唐初，伊斯兰教创始人穆罕默德派四位贤徒来华传教。一贤到了广州，二贤到了扬州，三贤、四贤就到了泉州。三贤、四贤死后，被葬在荒山之麓，夜里坟墓发出灵光，乡人因而就把这山改称为灵山。

一代思想先驱李贽的故居，就挤在南门繁华的万寿街。鳞次栉比的铺面和清寒的前朝小院拥抱在一起，说不上是一种反差，还是和谐？李贽生活在明季，做过不大不小的官。54岁跳出宦海，专心讲学、著述。他创作的数量十分惊人，内中，最出名的，当数《焚书》和《藏书》。为什么命名为焚？又为什么命名为藏？李贽是以掀天揭地的气概走上文坛的。他清醒自己超越了封建，必为封建道统所不容，所以，有些议论留不得，只能付之一炬，有些学问，又必须"藏之名山"，以待后世。这该是古今许多傲世独立的思想家所面临的共同命运吧。果然，明王朝是不用说的了，连取而代之的清政府，也屡番下令禁毁他的著作。然而，禁毁你自禁毁，有生命力的照样在社会深处曲折流传。而今，300多年过去了，当我在他故居狭小的天井里流连，仰望头顶那一方清清朗朗的蓝天，忽然想到：李贽那些惊世骇俗的高论，绝不会是从天上掉下来的。最早经泉州港载来的外部气息（虽然明政府实施海禁，私商贸易还是很活跃的）包括资本主义的新鲜气息，应该也是形成他昂藏人格的雄阔背景。

比李贽更令我肃然景仰的，是老家在石井镇的郑成功。郑成功比李贽晚一个世纪，如果说，李贽活着的时候，朱明王朝已经日薄西山，那么，郑成功就是生活在朱明王朝的黄昏。这一情势，注定了他不可逆转的人生悲剧。历史也正是这么演绎的。郑成功自然不失为一位军事奇才，他曾以金门、厦门两岛为根据地，几番起兵北上，直薄金陵，"缟素临江誓灭胡"，"不信中原不姓朱"，场面是壮烈的，口气也是相当自负的，结局呢，却不免次次都折戟沉沙，抱恨而归。但是，且慢，大成功就在这大绝望中裂天而降了！公元1661年，郑成功改变战略，暂停北伐，先行挥戈东渡，经过九个月的血战，终于从荷兰殖民者手里，收复了沦陷38年的宝岛台湾。"开辟荆榛逐荷夷，十年始克复先基"！这是郑成功生命的神来之笔。功如补天浴日，一举奠定了他在中华史册的不朽地位。所以，当他不幸早逝，遗骸迁葬故土，连清朝的康熙皇帝也禁不住要撰联赞叹。平心而论，站在一国统治者的角度，那联写得还是挺到位的："四镇多贰心，两岛屯师，敢向东南争半壁；诸王无寸土，一隅抗志，方知海外有孤忠。"

在泉州，还有一个人物不能不提，他就是集美籍的陈嘉庚。集美现属厦门，历史上也曾隶属于泉州府。陈嘉庚在当地的影响，可谓辉耀日月，深入人心，自来泉州，无日不感受到他生命的辐射。华侨大学的庄善裕校长有言："我们这地区，最好的建筑，往往属于学校，而这类学校，多半是由华侨赞助。这种现象，大概与陈嘉庚捐资办学的传统有关吧。以华侨大学为例，侨总图书馆、杨思椿科学馆、李克砌办公大楼、菲华教学大楼、敬萱教学大楼，还有陈嘉庚纪念堂等，就都是海外华人赠送的。"善哉侨胞陈嘉庚！伟哉侨胞陈嘉庚！在庄氏陪同下，我拜谒了华大的陈嘉庚纪念堂。其中，有一幅图表，还有一幅照片，尤令我五内鼎沸，情不能已：从 1912 年到 1934 年，陈嘉庚在海外经营实业所得，仅为 840 万元，但他同期对国内教育事业的捐助，则高达 900 万元；陈嘉庚 1961 年病逝北京，灵柩南下，是由周恩来、朱德、沈钧儒、陈毅等国家要人亲自执绋，护送至北京站。

这种精神的洪波，理性的风帆，已经不是任何经济的价值所能匡算，岁月的尘雾所能遮掩。它载负的是一种标高百代、光映山河的人格气韵，一种天马抛栈、神鹰掣鞲的高迈豪勇，一种世尊拈花、迦叶微笑的悠然心契，一种破胆夺心、摧枯拉朽的坚韧峭拔，一种春风风人、夏雨雨人的温煦润泽，一种喷薄着现代科学意识而又凝聚了无穷历史感悟的时代歌吟。泉州今日的再度辉煌，她的经济实力已经领先八闽，啸傲东南自是得力于此；而中华民族的整体性巍然雄起，也必将从这里，从陈嘉庚纪念堂陈列的图表和照片上，带走真情灼灼的祝福和万世之光……

第三辑

南风如水

雨风眠水

管窥李政道

如果只举一个细节？

——理发。

先请喜剧大师卓别林出场。一次，他来到一个偏远的小镇，想要理发，当地只有两位理发师，他们各自开了一家理发铺。第一家，房小，椅旧，地上撒满头发楂，理发师的发型尤其难以恭维，看上去像个麻雀窝，邋里邋遢。第二家，房大，椅新，地面非常洁净，理发师的发型更是端庄整齐，一丝不乱。你猜，卓别林会在哪一家理发？第二家。不，错了，他选择第一家。为什么？卓别林认为，小镇只有两个理发师，他们的头发一定是相互帮着理，第二个理发师的漂亮发型，反映的是第一个理发师的高超水平。

卓别林根据的是常识，他的判断被证明是正确的。假如他碰到李政道——我是说，假如第二个理发师的习性像李政道，他就要傻眼了。此话怎讲？李政道有一个特殊的习惯，理发不用他人代劳，总是自己一手包办。当真？当真。从来如此？从来如此。难以想象，是吧。李政道说："其实很简单，只要有两只手、一把剪刀，就可以完成。困难在于脑后的部分，要用一手的食指和中指夹住头发——这相当于梳子和尺子，再用一手握住剪刀操作。"熟能生巧。在早先，多半出于贫穷，及至现在，习惯就成了自然。堂堂诺贝尔奖得主，终生坚持自己给自己理发，我相信，在这世界上是独一份。

如果只举一首诗？

——"数学诗"。

2004年，美籍华人数学家黄伯飞写了一首诗：

　　三角最难搞

　　开方不可少

　　人生有几何

　　性命无代数

对于第二句"开方不可少"，有人解释，这是喻金钱，即"孔方兄"，而李政道则认为，就是指数学的开方。他玩味再三，也作了一首诗与之唱和：

　　吃饭不记米粒数

　　生存毋需思天理

　　人生欢乐有几何

　　性命真义无代数

比起黄伯飞，李政道的"数学诗"更加显豁易懂，"吃饭不记米粒数,生存毋需思天理",多么朴实无华,言简意赅。

如果只举一位恩师?

——吴大猷。

相信这是很多人的答案。1945年春天,"太阳旗"还没有在神州大地倒下,日寇困兽犹斗,铤而走险,贵阳告急,迁到那儿的浙大濒于瘫痪,该校物理系一年级学生、19岁的李政道转而投奔昆明西南联大,经吴大猷帮忙,插班读物理系二年级。一年后,又是经吴大猷的破格举荐,李政道被保送到美国深造。

而我的答案却是——束星北。

李政道进浙大,本来选择的是电机系,是束星北发现了他的数理天才,建议他改读物理系。因是之故,1972年,李政道赴美后首次重返故国,写信给束星北,说:"先生当年……的教导,历历在念,而我的物理基础都是在浙大一年所建,此后的成就,归源都是受先生之益。"

如果只举一篇文章?

——2005年在"爱因斯坦年"纪念大会上的讲演。

李政道说:"我们的地球在太阳系是一个不大的行星,我们的太阳在整个银河星云系4000亿颗恒星中也好像是不怎么出奇的星,我们整个银河星云系在整个宇宙中也是非常渺小的。可是,因为爱因斯坦在我们小小的地球上生活过，我们这颗蓝色的地球就比宇宙的其他部分有特色、有智慧、有人的道德。"

纪念爱因斯坦的文章何止千万，笔者认为，这一篇最令人感到慰藉，感到温暖。

如果只举一件礼品？
——手稿。

1956年夏，李政道在美国布鲁克海文实验室做访问学者，那时，他正埋头研究宇称不守恒的问题，为此而做了大量的演算。演算的过程，也就是草稿，统统被扔进了废纸篓。实验室有位有心人，他将李政道扔弃的草稿一一捡起来，保管好。1957年，李政道获得了诺贝尔物理学奖，此君就将他保存的李政道手稿赠给了美国物理学会，其中有一张，后来被采用为《今日物理》杂志的封面。

2006年6月，李政道把《今日物理》封面采用的那份手稿的复印件，以及他近期有关中微子研究的手稿，也是复印件，镶在了镜框里，郑重送给温家宝总理。

这大概是温总理收到的最宝贵的礼物之一了。事后，他对别人说，这两份手稿，"代表着一位物理学家一生奋斗不息的精神。不管是从事理论物理研究，还是从事实验物理研究，没有这种甘于寂寞、无私奉献的精神成不了才。"

如果只举一句名言？

——"一个人想做点事业，非得走自己的路。要开创新路子，最关键的是你会不会自己提出问题，能正确地提出问题就是迈开了创新的第一步。"

那么，面对李政道，你能提出的第一个问题，是什么呢？

（2010 年春夏之交）

爱因斯坦的脑瓜并不太笨

书中说，理论物理学家都是些早熟的种子，他们的黄金成果，大多在乳臭未干之年就已完成。像量子力学中的四大天王——狄拉克、海森堡、泡利和波尔，都是在二十出头就一鸣惊人。一般来说，理论物理学家的创造上限是30岁，狄拉克曾有诗为证："年岁无疑是一个降温，每个物理学家必须心怀戒惧，一旦他过了30岁生日，那会是死了比活着更好。"

爱因斯坦是20世纪的天王巨星，我们熟知的各路英雄豪杰，只要一提起他，莫不口服心服，甘拜下风。20世纪另一位泰斗级的物理学家费米，有一次揶揄他的学生、1959年诺贝尔物理学奖得主塞格瑞说："嘿，伙计！如果把你的全部成果，拿去和狄拉克的一篇论文交换，你不仅不吃亏，还会大赚一笔。"塞格瑞听了，心里尽管不舒服，却又不得不承认这是事实。不过，他脑瓜一转，马上反唇相讥。他说："别看老师您贵为泰斗，如果把您全部的工作，拿去和爱因斯坦的一篇论文交换，你也是大有赚头。"费米一愣，随即耸肩摊手，哈哈大笑。

在《犹太三星》一文中，我曾仔细剖析过爱因斯坦。我觉得，此翁除了天纵的才气，更有人所不及的仙气。举例说，凡在红尘中打滚的，有几个不喜欢听好话，听奉承？在这方面，即使是某些导师、伟人，也莫能幸免。爱因斯坦不然，他超出红尘之外。话说在一个专门为他举行的接风宴上，一大帮人趁着酒兴，你一言，我一语，纷纷吹嘘爱氏的伟大。爱因斯坦越听越不是味，终于忍无可忍，站起来打断道："诸位先生，我要是信了你们的，那我就是一个不折不扣的疯子！"说罢，飘然离席而去。又一次，在爱因斯坦50岁生日的前夕，热心的人们忙碌起来，张罗为他祝寿。然而，到了生日的那一天，他却悄悄躲去郊区一间农舍，让谁也找不着。

爱因斯坦也有他的迷糊。传说他有天出门散步，一边走，一边思考，想呀想，想呀想，待到结束散步，往回走时，却怎么也找不着自家的大门。其实，这时他就站在邻近的街口，距住宅仅仅一箭之遥。别急，关键时刻，此翁还挺机灵，但见他走进电话亭，拿起听筒，拨通了他所在的大学研究院院长办公室。

"先生，"他对接电话的人说，"您能告诉我爱因斯坦博士的家住在哪儿吗？"

接电话的是院长秘书，当他弄清了发问的就是爱因斯坦本人，禁不住掩口而笑。嘘——谁说爱因斯坦是老糊涂？看来，他的脑瓜并不太笨！

南风如水

中山、南海、新会,三人的祖籍几乎挨在一起。瞧一眼珠江三角洲的地图即可明白,他们都是伴着南中国海的涛声长大的。时届晚清,那海韵已迭次融进了号角鼙鼓;世人看到,在滔天的雪浪、血浪涌过之后,紧跟着洪秀全、容闳的脚印,先是走出了疾呼"三千年一大变"的康有为,而后又走出了创立"三民主义"的孙中山,而后又走出了自诩"中国新民"的梁启超。三人的故居也齐楚轩敞,像模像样。孙中山的是西风东渐式的小洋楼,康有为的是明清世家的旧式华屋,梁启超的是民国初年的大宅院;或因祖上殷实,或因家道中兴,上百年的岁月仍磨损不去骄人的光泽,这是什么?这就叫物质基础。

孙中山的故居辟有园林。林中遍植草木,一木一品,繁茂多姿。如香樟,如斑竹,如银杏,如紫荆;如龙眼,如芒果,如菩提,如棕榈;如孔雀杉,如凤凰木,如鱼尾葵,如鸡蛋花。这都是认识的,认而不识,闻所未闻见所未见的比比皆是。世人常讲"林子大了,什么鸟儿都有",此园的主题却是"林子大了,什么树儿都有"。难怪,当你穿花拂叶,脚步尚未踏进故居的门槛,神思尚未潜入先行者的历史,自然而然地,顿觉有一股灵气,南国的灵气,清清泠泠飘飘逸逸,随晨风扑面而来，嗅之沁心润肺，再嗅涤骨洗髓。

南海境内有西樵山，山之崖有白云洞，传说康有为曾在那儿苦读，每每"赤足披发，啸歌放言"，被乡民嘲为疯子。我去的那天，时值午后。山形浑朴，并无峥嵘峭拔之势，却为云缠雾绕，幽邃莫测。越野车沿山路盘旋而上，至主峰，遥望绝顶开阔处，赫然塑有观音大士的宝像，状极雄伟、庄严，为生平所仅见。凡人至此，谁不心融神释、尘虑顿消？待气喘吁吁地拾级而上，近得佛像跟前，却见庞伟的基座上恣意镌刻着捐助者的大名，不，俗名；更有两三后生，正踮起脚尖伸长胳膊往上率性涂画，禁不住为之摇头长叹。敢情是起了天人感应，方唏嘘间，半空里几串炸雷响过，一场噼噼啪啪的滂沱大雨兜头淋下。上苍的震怒是霹雳交加的，雨箭雨鞭清楚它在惩罚什么。游人四散躲避，我辈也急速奔下台阶，钻进泊在场内的汽车。看那架势，这雨一时半会儿停不了，于是中断游览，取道下山。

出山不足百步，雨即止，回望山顶，依然是云漫漫雨茫茫的一片。车行至一处岔道口，向路人打听康有为的故居，答说在前方，一个叫丹灶的小镇；再问仔细，又说是在镇外，一个叫银河苏的村子。七拐八拐觅到地点，日已昏黄。故居的大门早落了锁，遍寻左右，也找不着一位管理人员，没奈何，只好在四周随便转悠。屋宇业已颓旧，但未败，山墙古朴而威严，地基宽阔而厚实，看得出，当年在这一带是颇为气派的，不愧为诗礼传家的高尚门第。宅前场院的右侧，立有康氏的铜像，暮霭里，一个神色匆匆的身影。一袭青衫，满目忧虑。是首次上书未达圣听归来，还是正赶往挂牌讲学的"万木草堂"？场院的前方有一湾荷塘,花叶已过了鼎盛期,露出一派萧疏、落寞,偏有三五男女仍在全神贯注地摄影,镜头对准选定的残荷,一动不动,宛如天文学家在观察银河的星蒂。

梁启超的故居在茶坑村,贴近新会有名的小鸟天堂。已忘了是先去打扰小鸟,还是先去拜谒任公,只记得是晌午,天气燥热的时分。门前有小溪流淌,水尚澄净,屋后环山,山巅耸塔,塔尖变幻着浮云。入院,左侧为怡堂书室,乃任公少年时读书的地方,右侧正大兴土木,该是在扩大纪念堂所的规模吧。经书室入内,曲折抵一回廊,观看梁氏生平图片与实物的展览;因为走错了门,结果变成倒着看,由身后而生前,由老壮而稚幼,由终局而起点;及至中途发现,已不想更改,索性换个角度,自省,自嘲,加自虐。你要想体会个中滋味,不妨想象一部早期国产默片在银幕上跳跃式地倒带。

三人中,以康有为居长,康有为大孙中山 8 岁,大梁启超 15 岁。康有为仕途不顺,16 岁进学,而后六考六败,饱尝世俗的白眼,直到 36 岁,才侥幸中举。话说他中举后不久,也就是在广州办"万木草堂"书院的那一阵子,有一天,正在广州行医的青年俊彦孙中山,慕其名声,托人致意,想要和他交个朋友。谁知"康圣人"恃才自傲,眼空无物,居然牛皮烘烘地发话:"孙某如欲订交,宜先具'门生帖'拜师乃可。"笑话!孙中山又岂是摧眉折腰、低首下心之人?此事因而作罢,两位而后在各自的轨道上龙吟虎啸、揽星摘月的风云人物,就这样擦肩而过。

梁启超是三人中的小弟弟,崛起却最早,他 11 岁进学,16 岁高中举人。17 岁上，得以相遇老秀才康有为，经过一日的长谈，终于为后者"以大海潮音，作狮子吼"般的学问和思想震慑，从此拜在康门，成了康大师手下最得力的弟子。以举人之身，拜秀才为师，这不仅要有眼力，还要有非凡的勇气。你不能不承认他是真正的早慧。设身处地，你或许会附骥权威，攀鸿显贵，恭敬上司，心仪英雄，魂销美人，然而，假如你已成功挤入上流社会，有朝一日，面对比你更为优秀的基层精英，是否也能心悦诚服地降贵纡尊、俯首折节？

三人中，以孙中山的功勋最为卓著，他缔造了中华民国。正是有鉴于此，他出生的香山县，嗣后改名为中山县。华夏各地，以"中山"命名的街道、学校、公园、殿堂之类，多得数不胜数。康梁生前，以他俩的故乡南海、新会为名号的尊称——康南海、梁新会，也已广泛行世，妇孺皆知。前者，至今仍活在书报杂志和世人的嘴上；后者，似乎已湮没无闻。是梁启超的声望、业绩逊于他的老师？不是，绝对不是。举一个突出的例子，毛泽东毕生推崇梁启超，他求学时代的笔名"子任"，就是取自梁氏的"任公"，他与蔡和森组织的"新民学会"，也是因袭梁氏的《新民丛报》及其《新民说》；在习惯乃至心理上，毛泽东始终称"梁康"，而不是俗传的"康梁"。

也许是"任公"的名头太响，无形中掩盖了他的郡望。

中山故居门前有一株细叶榕，榕树下有一组雕像，塑造的是一位参加过太平军的冯姓老人，在给年幼的孙中山讲古。据《羊城晚报》披露，香山抑或南粤冯氏族人的一位先祖，曾在 19 世纪初叶漂洋过海，旅居德国，并在那里遗下一支血脉。1992 年，一位外表已经绝对欧化的青年——冯氏在德国的第六代后裔哈根·亚瑟,携其女友,专程来中山寻根;这宗跨国,不,跨洲觅祖的韵事,如今仍在一批热心人中继续。啊,万里不算路遥,天涯永远呼应着海角,既然五湖四海皆兄弟,五大洲四大洋又为什么不能共一份和平,同一份繁荣?!——回头打量雕像中的那位太平天国老战士,不禁生发浩茫而微醉的联想。

北大三老

一位昔日的北大同窗说:"现在有些老先生,越老越值钱。"他指的是张中行、金克木、季羡林。

与张中老从未碰过头,在任何场合,蒹葭秋水,始终缘悭一面。照片么,似乎看过一张,忘了在哪本书,印象是一位慈眉善目的长者,有金山万丈、玉海千寻之色,而无剑戟森森、鳞甲铮铮之态。但不容细想,因为越想下去,就越像表演艺术家于是之,或是于是之在哪出戏中的扮演。不能不承认传言的魅力,都说他年轻时曾充当过一部著名长篇小说中谁谁谁的原型,而于是老又正好扮演过那个谁谁谁。

早几年还没注意这位老先生,忽然有一天,连着读到两篇对他的记述,一篇称颂他是当代难得的高人、逸人、至人、超人,不啻是龙蟠凤逸之士,仙风道格之客,又说读他的文章,只需读上几段,便知作者是谁,在当代,有这种功力的,自是凤毛麟角,鲁迅算一个,沈从文算一个,如是而已,如是而已。另一篇说他像是窖藏了数百年的老酒,一旦拔了塞,香气溢出城郭,又说起他新搬的三居室,家具依然是六七十年代的老相好,地面依然是水泥的灰土色,且说起一位后生如何慷慨解囊,为他出书。心下一愣,想这样的老先生好生面熟,不是见过面的面熟，是没见过面的面熟。此话并非搬弄玄虚，生活中的确有这一熟。

于是开始留心他的书，一点不难找，在随便碰到的第一家书铺就见着一大批，明摆着尚在流行。书有《负暄琐话》《负暄续话》《负暄三话》《顺生论》《留梦集》《横议集》《月旦集》《桑榆自语》多种，我拿起一本《顺生论》，是专讲怎样怎样才能活出滋味的。据其后记，该书酝酿于20世纪50年代中期，成稿于90年代前期，迁延跌宕达四十年之久，作者的命运，由此也可窥见一斑的了。把书轻轻合上，掂了掂，不假思索地又插回书架，不是说不好，年轻20岁，不，30岁，我肯定买，现在么，年来尽识愁滋味，横竖顺逆，谲云诡波，于我，反正也无所谓了。插回书架的瞬间手一抖，突然又想起一位已故的诗人。此公一生备极坎坷，却爱拿《封神演义》中的散宜生做笔名。散宜生啊散宜生！真正能做到散文中之所谓形散神不散的散，肯定是能乐尽天年的。遗憾的是这位自诩为散宜生的诗人，一生都没能承受轻松，也许这就是定数，也许。

我还是买了本老先生的《月旦集》，因为其中写到的许多人物，都跟老北大有关，吾虽驽钝，毕竟也是从未名湖畔的塔影下走出的，窃想再过三十年，兴许就会轮到我来理论顺生，月旦人物。

想着要跟老先生联系，不知电话号码，问了几位同行，也都没能说个明确，只好存此一念，留待将来。

金克老是老熟人。不是相熟，是单向熟。我认识老先生，很久、很久的了，他哩，却完全可能不认识我。20世纪60年代的第五个秋天，我有幸成为老先生广义上的弟子。那时他在北大东语系，教梵文或印地文，我修的是日文。老先生引起我的注意，一是特异的名字，显出摧枯拉朽，锋利犀刻；二是桀骜或诙谐的气质，虽然没有对过话，扑面总能领略；三是袖珍的身材结构，予人无孔不入般的玲珑感，涉猎广泛，专而多能。这印象，恐怕多半来自当年的"大批判"。在北大的后三年，我们动不动就拿老先生这样的学术权威当靶子，斗争来斗争去的，包括后面将要谈到的季羡老，也在射程之内。

既然有了这层因缘，我查找金克老的电话就比较容易。电话挂通的时候，是上午九点。老先生说："哎呀，我正病着呐。你是想来？你想什么时候来？"我说："马上。"老先生停得一停，说："那好，我十点钟还要看聂卫平下围棋。"

半小时后敲开金老的门，仿佛又踏进了60年代，目之所及，茶几，书案，床铺，窗帘，帘外的阳台，阳台上的杂物……无物不是上了一把年纪。想象中他人眼里的张中老新居，大概也就是如此的吧。非但陈旧，还凌乱，乱的祸首是随意堆放的书和报。主人蜷缩在沙发里，头上扎了一条毛巾，正在接听电话。

这回相熟了。眼前的金老，依然精瘦，依然英锐逼人。老人指示我坐沙发，然后搬来一把椅子，搁在对面，几乎是促膝而谈。话题是老北大，老人谈锋甚健，他从京师大学堂侃到沙滩红楼、马神庙、西南联大。趁他意兴淋漓，我悄悄掏出了笔记本，老人立刻绷了脸："别，别，你这是要干啥？那我不讲了。"我只好赔笑，赶忙合上笔记本，洗耳恭听。

看看快到十点，老人说："我还没问，你今天找我有什么事？"

"后年是北大建校一百周年，我想写点东西。"

"那我建议你去找一个人，邓广铭，90岁了，他知道得多。"

"您能不能给我介绍一下？贸贸然不好去找。"

"你是怎么找我的，就怎样找他好了。他有病，我不能介绍。"金老边说，边转身去开电视机。左开，右开，就是不亮。机器实在老旧了，一如这屋中的摆设，但还不至于不亮。我提醒金老，刚才上楼，看到工人在修走廊的电路，是关电闸了。

金老于是继续同我聊天，一说又说到北大一百周年，他晶亮了脸，目光盯着我的鼻尖："这怎么好写？你不要在人事上惹麻烦，我建议你写小说，那样谁也抓不住。"

我说当记者当出了纪实病，不喜欢虚构。他用极快的速度挡了回来："谁说的？张恨水不是报人？萧乾不是报人？不都照样写小说。"

我没有拜读过金老的专著，刊发在报刊的随笔，倒是读过多篇，文皆精悍，辞多犀利，且有大的波澜回旋、鼓动其间，拿游泳比喻，先生擅长的是蝶泳，一波一波鼓浪而前。

季羡老和金克老住同一栋公寓，金老住西侧，三楼，季老住东侧，一楼。季老拥有相邻的两套三居室，六间房组成了一座幽香飘逸的书城。每间都设有书案，通常是写一篇文章，换一个地方，为的便于使用资料。朝南的阳台，也被老先生砌作了书房。我这次来，时值下午，温煦的阳光耀得阳台的窗玻璃一片灿烂，季老就正伏在阳台内的书案上用功。

在这之前，我已经拜访过一次，知道老人平素是在凌晨和上午读书、写作，今天也许活儿太多，歇不下来。远远地，我看着老人，像看一幅跨世纪的风景。

老人俯身在摊开的稿纸上，行云流水地驰骋着圆珠笔。

他不肯用电脑。

那天拜访，我无意中说及电脑。老人说，周有光先生曾向他鼎力推荐，并且包他五分钟就学会。"包我一分钟会，也不学。"老人显得很倔。

老人举出若干例子，以证明他的固执有理。譬如一位外国诗人，非要闻着烂苹果味，才有灵泉喷发；又譬如一位外国作家，非要看着窗外远处的一棵树梢，才会有妙语流淌。他哩，几十年养成的习惯，只有面对稿纸，才能进入写作的佳境。

老人对稿纸的质地、格式倒不苛求，只要是纸就行。他说，有一次在人民大会堂开会，灵感忽然袭来，急切间找不到稿纸，就在请柬上写起来。写满了正面，再写反面。反面也写满了，跟着有人又递过一份请柬。抬头一看，不认识，遂报之一笑，继续埋头写自己的。

"季老，为什么您不想想自己太保守了呢？"李玉洁秘书在一旁插话。

老人得意地一仰脖子："老家伙有些顽固是正常的。"

那天，老人送我五本他自己的著作。且在扉页上恭恭正正地题着："毓方兄留念……"这是老一辈的风范，也是大家之风范。

回家我就认真拜读，旬日后，拟出了访问记的提纲。下笔之前，觉得有些地方还不够清楚,譬如,老人从"糖"这个词汇在英、法、俄、德、梵等语发音的类似,想到了要写一部阐述古代科技文化交流的《糖史》,然而,若干发音类似的"糖",究竟以哪一种语言为本体呢?

我在电话中向季老请教,随口把"词"说成了"词根"。

"你说错了。"季老立刻予以纠正,"动词才有词根,糖是名词,没有词根。"

我又问了几个问题,回答都是十分简短,像老人的文章一样,可有可无的字,一个不上。

于是我再回头读先生的书,自认为有把握了,才援笔成文。

今日,我就是带着写好了的《一轮满月挂燕园》一文,来请先生过目的。然而,看到先生专心致志的样子,又不落忍上前打扰,便在门外悄悄地伫立。其间,先生有几次抬起头来,望了望我,但没有任何反应。我想,许是由于白内障,先生的视力呈现模糊,错把我当成窗外的一棵树了吧。

有一会儿,我又但愿化作先生窗外的一棵树。

(1996 年 3 月 29 日)

毕加索与张大千的 "掷花大战"

张大千来到巴黎郊外的坎城,他执意要会毕加索。出发前,朋友婉转劝他:你要考虑毕加索的脾气,他的为人和他的作品一样古怪;你也要考虑自己的身份,他代表西方,你代表东方,万一吃了闭门羹,岂不令整个东方失掉颜面!张大千不在乎颜面,他在乎机会。同时他也很在乎毕加索对后生晚辈的忠告:"你自己就是太阳,你胸中有着万道光芒,除此之外则一无所有。"是的,胸中既然汇纳万道金光,面对仰慕已久的大师,你还有什么不敢叩门!

——门应声而开。

毕加索并不像人们传说的那么倨傲,那么不可接近,相反,他听说中国画家张大千专程来访,随即爽快地一口答应。两天后,毕加索在他的私宅隆重招待东方贵客。宾主就座,寒暄既罢,毕氏让秘书抱出大批中国画习作,那都是模仿齐白石的,请张大千批评指点。看得出,毕加索也很珍惜这次切磋。

张大千一张张地翻阅,他暗暗吃惊,眼前的画,不惟风貌酷似白石,其中有若干幅,几可乱真。东方离西方有多远,中国画离西洋画又有多远,毕加索为了博大、丰盈自己,竟然兼收并蓄,不遗余力。这是什么?这才叫大家,真正的大家!难怪他能独步西方画坛,引发一场又一场的"创新地震"。当然,毕竟是余力,又是余兴,毕加索先生与中国画之间,还存在一定隔膜,比如他对毛笔的掌控,尚没有达到出神入化、得心应手的地步。

张大千现身说法,为主人表演毛笔的技艺。诸如,何谓笔法,何谓墨法,何谓焦、浓、重、淡、清,何谓阴阳、明暗、干湿、远近、高低、上下,等等。毕加索在一旁垂手肃立,全神贯注。蓦地,他领悟了,领悟之后又有新的彻悟,但见他转身面对张大千,近乎神经质地吼道:"我实在不明白,你们如此聪慧的画家,为什么还要跑到巴黎来学艺!"毕氏的右手向半空夸张地劈去,头顶稀疏的银发直欲根根竖起。

宾主转而就东西方绘画,展开热烈而深入的探讨。谈得兴浓,毕加索又亲自搬出他生平的得意之作,请张大千品评。这回轮到张大千感悟了。感悟了,又激动了。张大千的激动是东方式的,流露为一句由衷的赞叹,一丝心折的微笑,一阵无言的低徊。两位大师在心灵的对话中渐渐臻于默契。餐后,毕加索邀张大千到花园散步。这是他灵感和智慧的伊甸园,通常是不许旁人涉足的。今天,毕加索兴致特高,走着,谈着,谈着,走着,他突然撇下客人,纵身跳进喷泉左侧的一丛玫瑰,拣枝头最大最艳的花,摘下数朵,然后,趁张大千不备,连花夹叶劈头向他砸去。张大千一怔,随即省悟,他连忙趋近喷泉右侧的一簇杜鹃,弯腰摘花还击。于是乎,投之以木瓜,报之以琼瑶,花园展开了一场"掷花大战"。花飞。花舞。花歌。花笑。鲜葩岂是无情物,在佛陀眼里它象征境界,在恋人眼里它比喻爱情,在毕加索和张大千,则代表互相欣赏,互相肯定。所以,两位大师每当击中对方一朵,便爆发出顽童般的快乐欢呼:"啊!啊!""哦!哦!"

饶宗颐： 一座岛屿

莫高窟前，九层楼下，平地搭起一方舞台。是黄昏，风，撒着欢，自大漠旋来；灯光，交织成火树银花，朦胧了月色人影，迷离了远山近阁。宾客从京城来，从港岛，从东瀛，从欧陆。五百嘉宾环绕舞台共庆华诞，扩音器传出元人张野的《水龙吟》："……盛旦欣逢，寿杯重举，祝公千岁。要年年霖雨，变为醇酎，共苍生醉。"公为何人？乃一代国学大师饶宗颐先生是也。是日——2010年8月8日——值他老人家九五诞辰，敦煌有幸，吾辈更为有幸，霓虹摇曳，树木花草也摇身一变为贺客，三危山亦从对面俯身相酌，天地间弥漫着大祥和，大喜庆。

饶公从香港来。莫高窟是他的宿缘，敦煌是他的福地。想当初，青年饶宗颐任教于香港大学，敦煌之于他，本是大悬地隔，山长水远，八竿子也打不着。1952年，冥冥中若有神启，饶宗颐心血来潮，突然把目光投向敦煌。众所周知，敦煌在中国，在甘肃，在河西走廊。只是呢，唉唉，曾经日月无光王朝颓败山河破碎，敦煌文物大多流失去了异邦——始于坑蒙拐骗而终于冠冕堂皇的收藏。因此，无论是当时，还是今日，研究敦煌，就必得查看那些被洋人收入囊中的国宝。饶宗颐的运气来了：大英博物馆将馆藏之敦煌文物制成缩微胶片，这是非卖品，禁止出售给任何人，偏偏，偏偏却叫他买到了；与其说是钱能通神，心想事成，莫如说是天假人愿，物择其主。1956年，饶宗颐正是凭借这批流落异域的文物影本，撰写、出版了《敦煌本〈老子想尔注〉校笺》，自此一发不可收拾，又发表了《敦煌写卷的书法》，刊印了敦煌本《文心雕龙》，并远赴巴黎，实地考察英法两国收藏的敦煌画稿、写卷，校勘敦煌歌辞，在已经成为国际显学的敦煌研究领域，异军突起地辟出一片新天地。

如今，饶宗颐也成了敦煌学的符号。曾经有一阵，在敦煌研究领域，有两座无可争议的并峙双峰，饶宗颐之外，另一座便是季羡林。季羡林是中国敦煌吐鲁番学会的终身会长，是他率先提出"敦煌在中国，敦煌学在世界"，既突出了敦煌学的国际地位，也昭示了立足世界返身观照的雄图伟略；是他历时十余载，主持编辑了240万字的《敦煌学大辞典》，了陈公寅恪之遗愿，"内可以不负此历劫仅存之国宝，外有以襄进世界学术于将来"；也是他与饶宗颐联手主编《敦煌吐鲁番研究》学刊，共促学术繁荣。2009年7月11日，季羡林先生驾鹤西去，偌大敦煌学，于今只剩了饶宗颐一座"独秀峰"。硕果仅存，弥足珍贵，今年春末，官方透出消息，拟在饶公飞赴敦煌的中转站——北京，为之接风洗尘。果不其然，8月6日，时任国家总理温家宝与饶宗颐在中央文史馆亲切会晤。礼士尊贤。春风夏雨。

8月7日清晨，我与饶公同机赴敦煌，人说"百年修得同船渡"，那么，共乘一架波音737，凌虚万米复万里，又要几个百年才能修得的缘分？世界说大特大，说小又特小，仅仅一刻钟前，饶公离我还是那么远，那么远，眨眼之间，就变得如此切近，呼吸与共，謦咳相闻。机舱内，饶公的姿势，可以用得上"正襟危坐"。一眼看去，五官中，最突出的是比常人长一倍的人中，在鼻梁之下、嘴唇之上形成一片扇面状的开阔地；衣饰上，最触目的是冬夏不离的一条围巾，犹如西装革履者必系的领带。此行我恰巧与一位雕塑家结伴，他给饶公的寿礼，是一尊青铜塑像，原作太大，不便携带，带来的是一幅照片，画面中，饶公手抚古琴，目送归鸿，游心太玄。如果我是雕塑家，想，我将怎样为饶公造型？遗憾，上帝大概怪我自不量力、自作多情，在万米高空苦苦地想了千里，机翼下掠过多少云、多少山，也未见艺术女神来叩门，叩我心灵的门。

8日上午，主人安排参观莫高窟，此乃待客的最高礼数。虽是初次瞻仰，道士王圆箓的功绩与过失，探险者兼劫夺者斯坦因、伯希和的狡猾与无耻，国画家张大千、常书鸿的一秉至诚、衣带渐宽终不悔，在我，已耳熟能详，恍如亲历。站在饶宗颐的角度，我想，他在敦煌研究领域，只是一个后来者，时间上既已迟到了若干年，空间上就不能再步他人后尘，形势决定了他要筚路蓝缕，独辟蹊径。于是我们看到：他利用独家拥有的大英博物馆缩微胶片，推出了《敦煌本〈老子想尔注〉校笺》——基于敦煌经卷末端、背面为人视而不见的唐人遗稿，创出了天下独步的饶氏白描——吸取敦煌写经以及木简书体之长，复融汇秦篆汉碑唐楷宋行，浑然天成为一己的独特风貌。

傍晚七点，笔者前往敦煌研究院，参观饶宗颐的敦煌书画艺术。

入口处，饶宗颐自题小诗一首："画史常将画喻诗，以诗生画自添姿。荒城远驿烟岚际，下笔心随云起时。"此番，共展出饶先生倾心创作的150件作品，分为六大部分，分别是：线描、彩绘、敦煌风光、写经体书法、木简残纸体书法、碎金。饶宗颐对于书法，一如对于任何学问，讲究的是推倒围墙，自由来往。观他的笔势，亦篆亦隶亦楷亦行亦草，而又非篆非隶非楷非行非草，五体杂糅，融会贯通；观他的书韵，或曰气象，或曰风神，扑面而来的是一派盎然的禅机。饶宗颐尝言："熟读禅灯之文，于书画关捩，自能参透，得活用之妙，以禅通艺，开无数法门。"又赋诗云："以书通禅如梦觉，梦醒春晓满洞天。"饶宗颐之画，从理念上讲，又高出一个等级，因为他创立了山水画的一个新宗派——"西北宗"。这事，张大千忽略了，常书鸿遗漏了，他则慧眼独具。饶宗颐指出："西北诸土，山径久经风化，形成层岩叠石，山势如剑如戟。一种刚强坚劲之气，使人望之森然生畏。而树木榛莽，昂然挺立，不挠不屈，久历风沙，别呈一种光怪陆离之奇诡景象。"因之，张冠不宜李戴，一地的山水得用一地的笔墨。于是乎，今天，现在，我们的眼睛有福了，本次展出的《敦煌风光》系列，毕现了他标榜为"西北宗"的天机独窥。

晚八点，"莫高余馥：饶宗颐书画艺术特展"正式开幕。例行剪彩、致辞。我忙于拍照、采访，台上究竟谁在发言，谁又讲了些什么，对不起，若明若暗，似听未听。事后拼命回忆，仿佛一位嘉宾说饶公擅长把不同领域的学问熔于一炉，反映的，正是中华文化的精髓。又一位，记不清是哪方代表了，致辞说，今天的活动，不光是庆祝一个伟大学者的寿辰,更重要的,是彰扬他对中华文化、人类文明做出的特殊贡献。末了是饶公致答辞——饶公是坐着轮椅来的,其实他腿脚灵便,步履稳当,否则也不会如此关山迢迢,风尘仆仆。我很想,很想看看他如何上台讲话。我失望了,饶公没有起身,讲稿是事先拟好了的,由他人代为朗读。饶公对各位嘉宾不远千里、万里专程到敦煌为他祝寿,表示无量感恩,对多位以他名义为保护敦煌艺术捐出巨款的嘉宾,尤其表示特别的感恩;饶公呼吁大家关心敦煌文物的保护,珍惜这一劫余仅存的民族文化瑰宝。

九点,众人移步九层楼广场,参加饶宗颐先生九五华诞庆寿歌舞晚宴。在这样的场合,作如此的寿宴,天下几人有此福分!演出者,为甘肃省歌舞剧院,第一个节目就是《祝寿》,而后是古乐组合《箫韵》《伊州》,而后是舞蹈《水月观音》……压轴为舞剧《丝路花雨》片段。委实好,让人神摇目眩而不知其眩,物我两忘而终生难忘。甘肃有这样一台剧目,足以傲视舞坛;饶公有这样一场寿筵,足以快慰平生。当合舞结束,演员谢幕之际,一名来自香港凤凰卫视的主持人突然逸出晚会程序,快步走向舞台正中,激动地宣布:"今日凌晨,甘南舟曲县发生特大泥石流灾害,造成严重人员伤亡和财产损失。刚才,饶先生得知这一消息,决定将160万寿礼全部捐赠给舟曲灾区,并祝福灾区群众早日渡过难关。"台下群情沸腾,巴掌拍得山响——直疑山也感动鼓掌;饶公的善举,把歌舞晚宴推向高潮,犹如文章结尾的神来之笔,活动至此更趋圆满,意想不到的圆满——人算从来不如天算。

自始至终,饶公一直端坐在主席正中,凝神观看演出。同伴中,有一位山东曹县的中学校长,他是饶公的铁杆追星族——学者而有人追星,这是饶公的骄傲,文化的荣幸。我的义务之一,就是为他拍摄和饶公的合影。一张,两张,三张……每揿动一次快门,就是一次挑战,对于一尊为文坛艺坛供奉的神。面对镜头中的饶公,昨日,飞机之上,那个曾经折磨了我千里云路的念头又跑出来纠缠:假如我是雕塑家,我将怎样为饶公造型?说真的,饶公的容貌迥乎常人,用古人的话讲就是"异相"。刹那,啊不是刹那,是在脑海里冒出、按下、又冒出、又按下若干次之后,我终于确立自信:饶公在我眼里,分明是一座岛屿(你无论如何也想象不到的吧);尤其那额头,那人中,那下巴,那微笑,令我觉得还是一座山石嶙峋、古木参天、百鸟和鸣的岛屿。

当然这只是一个比拟,借雕塑家的眼光品人,无非是自以为,说饶公像一座岛屿,也无非是自以为,此乃文学之想象、抽象、借喻,恐非具象的雕塑之所长——权博读者诸君一粲,比喻本来是不用上税的哦。

(2009 年秋)

二十世纪的绝唱

凤

林徽因星临大野的美丽,离不开徐志摩的折射——

徐志摩以浪漫的诗情著名,而林徽因,则是他以全部心血,乃至三十六岁的激情生命,创造出的最最空灵隽永的一首小令。古人有言:"所谓美人者,以花为貌,以鸟为声,以月为神,以柳为态,以玉为骨,以冰雪为肤,以秋水为姿,以诗词为心,以翰墨为香……"天哪,这样的美人胚,恐怕连上帝也难以塑造,然而,我们在徐志摩的瞳仁,在康桥的云影,在夜海的波心,却分明看到了她的倩影。

林徽因超凡入幻的美丽,也离不开金岳霖的烘托——

徐志摩坠机罹难,林徽因的梦幻股指应声跌却一半。好在,还有金岳霖继续托盘。金没有诗才,但有诗心、诗格、诗品。徐志摩的猝然缺席,给了他追求"东方维纳斯"的机会。林徽因永远失去志摩,是以也格外珍惜这份迟来的爱。"月明林下美人来",老金扮演的是后来居上,伊人已经芳心摇曳,梁思成也已准备拔脚爱河,跃身奈河。节骨眼上,他却宣布退出竞争。不是缺乏勇气,而是出于一份唯美的理智:他自觉梁之爱林,彻入骨髓,而他的爱,仅仅深及肺腑。

从此,他就成了名副其实的护花使者。林徽因走到哪里,他就跟到哪里。不即不离，若父若兄，终身不娶。他布道的是维多利亚时代的美学。他是"雪满山中"拥被独卧的"高士"。他是天使。

林徽因夺神炫目的美丽，当然更脱不开梁思成的辉映——

梁思成给了她煊赫的背景，恰似星子高悬在黑天鹅绒的夜幕；梁思成给了她纯真而圆融的爱，宛然轻舟系泊在宁静的港湾；梁思成给了她宽阔而高雅的舞台，犹如春燕剪影在透明的蓝天。梁公子的大度令世人肃然起敬——爱和被爱，任凭伊人自由；梁建筑师拐着一只跛足却健步如飞——是他给爱妻孱弱的身躯注入丰沛的活力，迎阳大笑有如"百层塔高耸"，有如"万千个风铃的转动，从每一层琉璃的檐边，摇上，云天"；梁教授夫妇的成就世所共仰——他俩携手让永恒的生命，铭刻在庄严的国徽与耸入云霄的人民英雄纪念碑。

花

陆小曼的绝代风华应是无可置疑——

老派的胡适推许她是旧北京"一道不可不看的风景"；新潮的刘海粟称赞她"旧诗清新俏丽；文章蕴藉婉约；绘画颇见宋人院本的传统，是一代才女，旷世美人"；郁达夫的夫人王映霞感慨她名不虚传，"确实是一代佳人，可以用'娇小玲珑'四个字概括"；陆小曼的干女儿何灵琰，对她更是推崇备至，何说，"干娘是我这半生见过的女人中最美的一个，淡雅灵秀，若以花草拟之，便是空谷幽兰，正是一位绝世诗人心目中的绝世佳人"；就连徐志摩的前妻张幼仪也坦率承认，她"的确长得很美，有一头柔柔的秀发，一对大大的媚眼"。

"一双眼也在说话，睛光里漾起，心泉的秘密"，这是徐志摩的描绘。诗人是在一次舞会上初见小曼,那时他舞累了斜靠在沙发打盹,大门启处,厅内突然分外亮堂,抬头,一片彤云飘过眼前。袅袅一姝,是娴雅?是窈窕?是典丽?脑海突然呈现空白,搜肠刮肚,难以为词,他"只觉得从来没见过这样美丽的女人,也不相信天下还可能有比这更美丽的女人"。

徐志摩对陆小曼一见倾心,随即把曾经投向林徽因的,没有着落的,磅礴热烈犹如熔岩喷发、焰火炸射的情感,一股脑儿转移到小曼身上。他对小曼表白:"我没有别的办法,我就有爱;没有别的天才,就是爱;没有别的能力,只是爱。""老师梁任公以前批评我的时候,我曾对他说:'我将于茫茫人海中访我唯一灵魂之伴侣,得之,我幸;不得,我命。'小曼,今天我得到了,我只要你,有你我就忘却一切,我什么也不想什么也不要了,因为我什么都有了。"

然而,面对陆小曼的传世照片,我却无法相信自己的眼睛——

它不是一张——一张可能走相,也不是两张、三张——年代久了偶尔也存在失真,它是十来张、二十来张,或许更多,分属于不同的历史时期、不同的生活侧面,我的眼珠在抗议:这哪里是什么绝世佳人?这哪里是什么迷人的风景?也就是中等姿色,小家碧玉,只能说马马虎虎,差强人意;拿它和同时期林徽因的玉照相比,简直是一个在天,一个在地。

呜呼,天何厚爱于林徽因,而薄情于陆小曼耶?乃至纯然客观的机械的相片,都不能恰到好处地感光、定影、写照、传神!

雪

张幼仪也是美丽的,而且美得健康,美得飒爽,美得持久,只是,御风而行、流星一闪的诗人无缘体认——

　　旅居伦敦的日子，徐志摩迷上了林徽因。诗人是那种夸父逐日的性格，他一旦迷上了谁，任是西天八骏也拉不回头。幼仪自然无能为力，她审时度势，当机立断。"好吧，摩，"她对丈夫说，"我不忍心看你受罪，也不愿意让自己变成讨人嫌的角色。假如可以使你得到幸福，我自愿做出牺牲。"

　　快刀斩乱麻，1922年3月，德国柏林，张幼仪以有孕之身，同徐志摩协议拜拜。据说，这是中国近代史上第一件文明形式的离婚。

　　张幼仪孤身一人陷身欧洲，不懂外文，身怀六甲，处境够悲惨的了吧。倘若换了林徽因、陆小曼，凭她俩那娇怯怯的弱躯，结局将不知如何收拾。幸亏，幼仪不仅体格健壮，神经也足够坚韧，她一边忙着生育、抚养次子彼得，一边入裴斯塔洛齐学院，专攻幼儿教育。

　　彼得不幸夭折，苦命人祸不单行。幼仪含悲忍泪，坚持完成学业。1926年夏，她应徐志摩父母之请返回故国，暂住北京，次年移居上海，先是在东吴大学教授德文，而后涉足商界，出任上海女子商业储蓄银行副总裁，兼云裳服装公司总经理。

　　大约是1927年春天，胡适设家宴款待新婚燕尔的志摩和小曼，顺便请幼仪列席——不知这位哲学大师拨动的是哪一粒算盘珠。幼仪欣然前往，席间不卑不亢，落落大方，显示出磊落的胸襟和成熟的气度。

　　又二十年后，林徽因在北平病重住院。她怕自己不久于人世，便托人捎话给沪上的张幼仪，希望能见上一面。——这是她思虑周全，希望对当年闯入徐郎灵腑，造成徐张家庭破裂的内疚，做出宗教情怀的了结。幼仪携长子积锴赶往北平，会晤时，徽因已十分衰弱，只是卧在床上，定定地凝望幼仪母子，自始至终，没有说一句话。是无力说，也是不必说，当事人心有灵犀；幼仪从对方深情而略带歉意的眼神中捕捉到：她是爱徐志摩的。

张幼仪活了八十八岁，比起林徽因的五十零一，陆小曼的六十有二，算是笑到了最后。晚年，张幼仪在纽约接受侄孙女张邦梅的采访，把自己和徐志摩的悲欢聚散，云谲波诡，和盘托出，给后辈，也给逝去的岁月一个明确的交代。

月

张幼仪没有看走眼，林徽因委实是深爱她的摩的——

1931 年 11 月 19 日，济南党家庄上空一声霹雳，噩耗传到北平，林徽因三魂失了二魂。她为徐志摩精心制作了一只希腊风格的花圈，交由梁思成带去飞机失事现场——这事犹在情理之中。接下来的举动，就要令世人瞠目结舌了：她让丈夫从现场捡回一小块飞机残骸，并且把它悬挂在卧室的床头，直到去世！

据说，那是一块焦木（早期的飞机有些部分是木制的）——它见证了生的高蹈和死的决绝；此木曾是彼树，彼树曾覆绿荫，曾邀鸣蝉曾凝风露，曾映繁花曾梳云影，曾笑看夏日流萤冬日雪花，也曾悲吟"春色三分，二分尘土，一分流水"，不，是"三分春色二分愁，更一分风雨"。

噩耗同时击倒了在上海的陆小曼——

棒喝是什么？痛心疾首是什么？悔不当初是什么？生不如死、死不复生是什么？多少前尘成噩梦，万千别恨向谁言？小曼不比徽因，犹能博得世人的同情，她被视为诗人疲于生计、南北奔波而终遭不测的罪魁祸首——曾经的纸醉金迷，曾经的荒唐任性，顿时成为社会攻击的靶心。

对此，小曼不辩白，不解释。她从此不着艳服，不宴宾客，不涉娱乐场所；闭门思过，潜心编辑《志摩全集》；卧室挂着徐志摩的大幅遗像，一年四季，供放鲜花。案头压着白居易的长恨词："天长地久有时尽，此恨绵绵无绝期。"

死难再次把张幼仪从幕后推到前台——

幼仪虽然和志摩离异，但她离婚未离家，仍然是志摩独子的监护人，是昔日公婆的"义女"，兼且，她拥有一份独立自主的尊严和善待众生的大爱。志摩去后，幼仪一如既往地开拓事业，培养儿子，侍奉诗人父母，关怀包括小曼在内的所有志摩的亲朋；她还请梁实秋出面，主编、出版了一套台湾版的《徐志摩全集》。

晚年，张幼仪告诉她的侄孙女，回顾既往，如果说曾经有恨，她恨的不是陆小曼，而是林徽因；原因不在于林拆散了他们夫妻，而在于林既答应了志摩，又闪了志摩，弄得他进退维谷，身心交瘁——用今人的话来说，就是找不着北。幼仪在被遗弃之后，仍然设身处地为负心郎着想，痴情若此，天下能有几人？事情也许正像她自己说的，在徐志摩一辈子遇到的几个女人里面，说不定我最爱他。

一角海湾和三挂风帆

传记是一角海湾,读顾毓琇,无意中瞥见冰心的帆影,转而读冰心,冷不丁又听见梁实秋的桨声,再去读梁实秋,赫然又瞧见顾毓琇的樯橹。他们三位,生命就像碧湛湛的大海,友谊与友谊涟漪相接,浪花相逐……从青到壮,从壮到老,肝胆相照,生死不渝。

对于他们来说,那一天非常关键:1923年8月17日,他们从上海黄浦码头,乘同一艘"杰克逊号"邮船赴美。甲板外是一望无际的青烟蓝水,蓝水上是舍命相逐的海鸥,鸥鸟的翅膀扇动了他们共同的文学梦。他们着手办一个壁报,起名"海啸"。燕京大学出身的冰心,提供的是诗稿,清华学校出身的梁实秋,提供的也是诗稿,无形中就有了比赛的味道。冰心的师兄许地山,是诗和散文齐上,梁实秋的同窗顾毓琇,是散文和译文并举。半月航程,他们究竟都写了些什么?还是留给文学史去记录,留给学者去爬梳吧,对于我们,这一切并不重要。重要的是:某年某月,有这样几个文学青年碰到一起,搞了一份同人壁报。那年头电影业、歌舞业还不发达,明星远没有今天这样铺天盖地,不客气地说,在这艘邮船上,明星就是他们,他们就是明星!

有一个人同样不容忽视，他就是顾毓琇和梁实秋的级友吴文藻。吴文藻虽然没有出手，自始至终充当观众，但却是一个热情洋溢、不可或缺的观众。

生命的一页嘻嘻哈哈翻过，他们这一拨留学生到了美国，在各自的校园埋头苦读。这一页转眼就会被遗忘，甚至彻底从记忆中抹去。他们不，岂但没有遗忘，而且抽空继续续写。这回不是办同人壁报，而是携手登台演出。1925年3月，在波士顿，梁实秋和顾毓琇策划用英语演一出中国戏，震震坐井观天、夜郎自大的老外。戏剧是顾毓琇的特长，自然当仁不让，他从南戏中挖掘出一部《琵琶记》，把二十四出的内容改编为三幕话剧。梁实秋接手翻译成英文，这是桩苦活，却也见出他的语言天赋。有了剧本，就开始物色演员。男主角蔡中郎最受青睐，有两个"翩翩"男士毛遂自荐，争得不亦乐乎。最后由顾毓琇导演拍板，他干脆一个也不用，另挑了梁实秋。女主角宰相的女儿，是剧中的又一灵魂，名单左变右变，最终变成了冰心。余下的角色，相对易于分配，结果，由谢文秋扮演赵五娘，沈宗濂扮演疯子，徐宗涑扮演邻居张先生，顾毓琇自己，兼扮演宰相。

闻一多当时正在纽约，闻讯，主动承担绘制布景。在这儿，在人生的大舞台上，老大哥闻一多扮演的，就相当于当初邮船上的许地山。而吴文藻呢，依然是热心的、不可或缺的观众。不过这个观众，在顾毓琇和梁实秋的牵线下，已经和台上的冰心互萌爱意，心有灵犀。

生命就是由这样的"细节"铺垫。友谊就是由这样的"合作"铸环。数年的留学生活一晃而过，大伙儿相继回国，各奔前程。山不转水转，水不转人转，20世纪40年代初在重庆，几位老朋友又转到一起。谁说"星星已不是那颗星星，月亮也不是那个月亮"？他们没变，还是那帮同舟共济的文人雅士，还是那批同台演出的才子佳人。顾毓琇、梁实秋住在北碚，两家结邻而居，一名"蕉舍"，一名"雅舍"。冰心住在歌乐山，自号"潜庐"。这时，各人都已成家，且大有"儿女忽成行"的趋势。梁实秋的夫人是程季淑，顾毓琇的夫人是王婉靖，他们都是出国前就订的婚。冰心和吴文藻则是在"杰克逊号"邮船相识，美国恋爱。有趣的是，三对伉俪都是"女方大一岁"。

重庆的日子令人留恋。梁实秋因为夫人滞留北平，一人生活，无拘无束，遂把全部心血融入笔墨，写下了扛鼎之作《雅舍小品》。这是他那种血质，他那份积累的最佳结晶。冰心在这儿以"男士"的笔名，写作一系列《关于女人》的随评。此举显然带有调侃，也可看作是骨鲠在喉，不吐不快。顾毓琇呢，他的戏剧生涯在重庆蹿至巅峰，《古城烽火》和《岳飞》在大后方各地公演，抗战主题加上精巧构思和深刻挖掘，阻挡不住的好评如潮。

时代永远是大舞台，比较起来，个人只是其中具体而微的角色。若干年后，三位朋友犹如三颗星子，被一阵创世纪的飓风吹散在海角天涯。顾毓琇飘落到费城，梁实秋深陷在台北，冰心燃起全部的热情，在凤凰涅槃的北京。大洋雨，海峡风，古都梦。相互再难聚首，甚至不能自由通信。然而，如同海鸥记住浪花，曾经的"细节"永远烙在心头，每过一天，都会作一天的放大、润色。且说有一天，那是60年代中期，侨居费城的顾毓琇从报端获悉一个惊人的消息：吴文藻、冰心夫妇不堪"文革"迫害，在北京双双自杀。悲伤之下，他未加核实，就把噩耗通知了在台北的梁实秋。害得梁实秋泪眼滔滔，写下了一篇三啸九招的《哀冰心》。后来消息落实，美国报纸登的是谣言，吴文藻、冰心没有死，两位在大陆活得好好的。梁实秋喜出望外，赶紧又写了一篇稿子更正。

三人中，梁实秋最早走完生命之旅。1987年秋天，他曾让女儿文茜捎话给冰心，说要到北京来看望老朋友。话音甫落，就在台北溘然长逝。这就轮到年长的冰心和顾毓琇"哀实秋"。冰心在纪念文章中披露，就在那次同船赴美之前，实秋在《创作周报》发表了一篇《繁星与春水》，对她的诗歌做了相当严格的批评。冰心对此表示由衷的感谢，她觉得实秋是她一生的文章知己。顾毓琇的悼文是一首《金缕曲》，他称道故友"萧散文章君独擅，梦笔苍天有意"，"轻富贵，若云水"，"留典型，垂青史"。

"征人久别复来归，拂面晨风露湿衣。"顾毓琇三生有幸，1973年到1992年，他挟天涯耆儒之尊，海内硕望之贵，屡屡重返故园，每次都得以和冰心等老友白首欢聚。

而今，冰心、顾毓琇也已分别走完了各自99年与100年的生命长途。冰心逝世于1998年2月，顾毓琇逝世于2002年9月。2000年，98岁的顾毓琇动笔回首前尘，纪念他的"六十位师友"，其中在文学领域,写到了冰心、梁实秋。顾毓琇着重谈了两段往事,一是在"杰克逊号"邮船共办"海啸"壁报,二是在波士顿美术剧院同台演出《琵琶记》,可见这两次年轻时的"逢场作戏",是如何像两轮皎月投影在友谊的大海。

(2002 年 9 月)

张謇是一方风水

阳光从头顶白花花、明晃晃地喷洒下来，仿佛蓝天无穷无尽的诉说。它沐浴着、抚慰着大地全部敏感的神经。有一刹那，它刺痛了我的瞳孔。因为你不得不仰起头，眯了眼，打量矗立于大道中央的这位状元——张謇的铜塑。紫褐色的身姿挺拔在两米多高的大理石座上，那起点就攒足了气势。太阳的光芒聚焦在他的圆颅、方肩，飞弹出一派银色的光辉。张謇一手拄了文明棍，一手插在大氅的口袋里，气定神闲，蔼然远视——如果乡人不说，我会当他是孙中山，反正他们生活的背景相近，衣着神态也八九差不离。

我在张謇的铜塑前沉思，想要离开却挪不了步——你无法从他的目光中逃遁。他唤醒了我关于"根"的一连串记忆，以及帮我重新扫描知识阶层在新一轮世纪之交的多元光谱。

张謇是光绪二十年的状元。大魁天下不久，就遇上了"唤起中国四千年之大梦"的甲午血战，他的脑袋，应该是既空虚又清醒。

苦读了三十多个寒暑，足下终于踏了青云，这一天实在来之不易。就好像披星戴月、胼手胝足、精疲力竭地爬上华山峰巅，回望来路，禁不住眼花欲坠。全国有多少怀笔如刀的士子啊，而状元只有一人！

一将功成万骨枯，一士成功也是万骨朽啊！

但张謇本人却不这么想。皇帝亲赐的翰林院修撰，拢共才对付了三个来月，拍拍身子就想走人。说什么"謇天与野性，本无宦情"！说什么"愿成一分一毫有用之事，不愿居八命九命可耻之官"！不想当官你还拼命考它干吗？莫不是验证了一种既得心理：世人面对欲望中的高峰，未攀之前，常常是心向往之，寤寐求之；及至登高凌绝，待最初的惊喜消退，便会觉得实际的乐趣也不过尔尔？

都不是。这是一个躁动于主体意识迅速觉醒的时代精英，我相信他一定是听到了历史车轮越来越快的铿锵撞击声。那钢与铁的交奏，总叫他坐卧不安。有朝一日，人类如果发明一种"望时镜"，那么，我们就会看张翰林如何皱眉蹙额，绕着狭小的天井徘徊，一会儿走到一株老态龙钟、筋骨毕露的国槐前，拿拳狠命擂它的干，用双手使劲撼它的根，一会儿又仰起脸，透过枯黄稀疏的叶片，怅望灰蒙蒙、虚幻幻的苍天……

张謇很快就溜回了南通老家。冲出京城浮华虚誉的包围，立刻就感到外面的世界广阔而精彩。在他的老家，他建成了包括农、工、商、运输、银行，兼及教育的宏大体系。创立大生纱厂，组建垦牧公司，兴办师范学校和中小学堂，归总一句话，就是要实业救国、教育救国。张謇坦言：以上作为"不敢惊天动地，但求经天纬地"；不敢指望它立竿见影，疗救古国千年沉疴，但求"播种九幽之下，策效百岁之遥"。

与他同时代的人相比，张謇确实有思想。张謇拿他的思想在通州乃至苏北大地搅出了一派新局面，在历代文曲星的方阵间别树起一面光帜。他让从唐太宗起就精心策划的、让天下读书人尽入彀中的"金钟罩"，有了明显的豁口。他让一个僵化了的状元躯壳，有了异质的活泼泼的生命。

吾生也晚，张謇等不及我眼底的流云，我也抓不着他飘然远去的衣袂。然而，毕竟有缘。把张謇引入我的视野的，是我那位乡村知识分子的祖父。祖父来到我的故乡，是因张謇的召唤而来的。他从没见过这位张状元，但见到了状元的实绩。大批世居长江北岸的海门人，被集体招募到这片百年荒滩，大规模地种植棉花。生命的热流就在这片处女地上激起了缤纷的浪花。射阳县20世纪80年代以来，屡屡亮相在国内各大报刊的新闻版面，不光是因为她拥有天然妙绝的丹顶鹤饲养基地，也不光是因为射阳河上新开张的龙舟闹猛，而是由于她的棉花产量，多次雄踞全国榜首——这也是一种状元，并且不折不扣是张謇张状元的遗泽。张謇没能看到这一天，但也预料到了。他曾满怀希冀地说："天之生人也，与草木无异。若遗留一二有用事业，与草木同生，即不与草木同腐。"张謇是一簇春苗。张謇是一蓬火焰。张謇是一方风水。他的精神，注定是要在我家乡生根发芽、巍巍壮观的了。

真正造福人类的事业应是比生命更长，它的辉煌不是毕露在创始者的生前，而是隐藏在他的身后。他只能依稀把握到它的开端并且竭尽全力地做。张謇，你这从翰林院出逃的叛逆！站在长江口观沧海，是胆怯，还是激动？也许两者都有，但激动、欢呼，却为永恒。

人生的契机和姿态

命运的转折,常取决于外界一个微小的引诱或刺激。

譬如说陈省身。小时候,父亲在杭州工作,他跟着祖母待在老家嘉兴。有一年,父亲返家过春节,给他带了一套礼物,是当时流行于新式学堂的《笔算数学》,分上、中、下三册,是美国传教士狄考文和中国学者邹立文合编的。还家当日,父亲觉得儿子还小,仅仅给他粗略讲了讲阿拉伯数字和数学算法。谁知陈省身一听就爱上了,他私下里慢慢啃,越啃越有兴趣,没过几日,居然把三册书啃完,并且做出了其中大部分习题。陈省身无意中闯进了数学的殿堂。

譬如说钱学森。初中阶段,一次课余聊天,有个同学说:"你们知不知道20世纪有两位伟人,一个是爱因斯坦,一个是列宁?"众人闻所未闻,面面相觑。20世纪20年代初,国内信息传播相当滞后,爱因斯坦的相对论虽然问世十多年,列宁领导的十月革命也已过去了五六年,但他俩的大名和事迹还没有广为人知。见状,那个同学侃侃而谈,他说:"爱因斯坦是位科学巨匠,列宁是位革命巨匠。学校图书馆有关于他俩的书。"钱学森听得心痒,就从图书馆借了一本爱因斯坦的《狭义与广义相对论浅说》,内容似懂非懂,心扉却轰然洞开,他看到了身外有宇宙，宇宙有无穷奥秘。正是从那时起，他思想的触角，开始试探太空的广阔与自由。

由陈省身、钱学森又想到侯仁之，他们仨同龄，都是1911年出生，但是后者的起步阶段，远没有前两位幸运。侯仁之幼时孱弱，也没大病，就是弱不禁风，碰一碰就倒的样子。他就读的博文中学是一所教会学校，体育风气浓厚，各种项目之中，篮球尤为大家喜爱。班班有篮球队，经常举行班际比赛。侯仁之也想上场一试身手。一天，他壮着胆子找到本班的篮球队队长，说出了自己的心愿。队长看看他，矮、瘦，而且黄，一副病快快的样子，岂能硬碰硬地打篮球？队长摇头，断然拒绝。其实，不要说班代表队，就是本班同学玩球，大伙分成两拨，哪一拨也都不要他。侯仁之被孤立在篮球运动之外。他感到绝望，由绝望中又生发出豪气：既然玩不了球，我就练跑步——跑步，是不要别人恩准的。从此，每天下了晚自习，他就围着操场，一圈又一圈地跑。他坚持了整整一个冬天，风雨无阻。转过年来，学校举行春季运动会，体育委员找到他，说："侯仁之，你参加1500米赛跑吧，怎么样？"侯仁之感到突然，他说："我可从来没有参加过比赛呀。"体育委员说："你行，你肯定行，我看见你天天晚上练来着。"侯仁之于是硬着头皮报了1500米赛跑。比赛开始，发令枪一响，侯仁之就拼命往前冲，跑过一圈又一圈，转弯的时候挺纳闷：怎么旁边一个人也没有？回头一看，哈，所有的人都被他甩得老远！侯仁之轻而易举地获得了冠军。

人生是一场马拉松，各有各的跑法。仍拿陈省身作例，他的

"跑",就是玩。陈省身不爱体育,中学时,百米成绩居然在20秒开外,比女生跑得还慢。但是,他懂得玩。他的玩,不是外在的,而是内向的,他玩数学、玩化学、玩植物学、玩围棋、玩一切他喜欢的功课和项目——他是同知识玩,同自己的心智玩。钱学森读的是北京师大附中,受到的是全面发展的教育,他喜欢体育运动,更喜欢数学、音乐和美术。若干年后,他曾向加州理工学院的一位同事表示:根据定义,一则数学难题的解答,具体呈现就是美。因此也可以说,钱学森的"跑法",就是追求美。

说到侯仁之,他的人生姿态,绝对是长跑。体弱多病和长跑健将,这两者很难令人产生联想,但是,侯仁之把它们串联在一起了。起初是出于无奈,跑着跑着,事情就发生了质的变化。跑步不仅使侯仁之告别羸弱、赢得健康,而且成了他生活的动力、奋发的标志、人格的象征。

侯仁之从博文中学一路跑进燕京大学,从本科生一路跑到研究生,跑到留校当教师。他名下的5000米校纪录,一直保持了十多年,直到1954年,才为北京大学的后生打破(1952年燕大并入北大)。侯仁之先生的影集里,保留有在燕大长跑时的雄姿,其中一幅注明是"终点冲刺",画面上的他赤膊上阵,精神抖擞,一马当先。

顺便说一说,陈省身以玩的姿态,一路跑到93岁;钱学森在追求美的路上,跑进了98岁;侯仁之呢,长跑进了102岁。

(2013年夏)

邂逅 "潮流逆行者" 张炜

邂逅的不是张炜本人,而是他的演讲集《午夜来獾》。

时间为 2011 年 9 月 23 日下午,地点为黄山市黄山区北海南路。我刚爬了半天黄山归来,一篇美文正在心头酝酿,情绪特佳,就想找本文学之类的书翻翻,以便拉开思路,取其触类旁通之妙。

这是一家私人会所,我住在五楼,主人的办公室在二楼,我就去主人的办公室,在书架上随意寻觅,《午夜来獾》就这样闯进我的眼帘。

张炜其人,熟悉而又陌生。说熟悉——他是著名的作家;今年,先是大连的古耜先生,后是北京的王蒙先生,都向我作过推荐;而后又是荣获茅盾文学奖的舆论轰炸。说陌生——从未碰过面。

这就开始了阅读。

为写作这本《寻找大师》,我读了海量的书。老话说文亦犹人,各如其面,因此,说邂逅谁谁谁也不为错。读多了就有比较,一般来说,读饶宗颐长学问,读南怀瑾兴侠气,读冯其庸体会正大,读李泽厚得审美维度上的思考,读贾平凹识秦腔秦韵,读王蒙提精壮神,读莫言装了一脑袋的魔幻和通感。那么读张炜呢，突出的感觉是：悲天悯物，直陈时弊。

先说首篇《午夜来獾》，内容围绕着一只獾，开头说：

在山东半岛东部海角的林子里，有几条通向海洋的干涸的古河道、一些无水的河汊。这种地理环境有利于一种叫作獾的动物的栖息。有一年当地要建立一处文化设施，就在林子的一角围起了一块荒地，面积有一百余亩。从几万亩的林区来看，这一百多亩太微不足道了，而且是树木相对稀疏的地方。它由一道加了栅栏的矮墙为界，算是与茫茫林野隔开了。几幢不大的房子在栅栏墙内建起来，并养了一条叫"老黑"的大狗，它与看门人老陈形影不离。由于这个围起的地场远离闹市，所以入夜后非常安静，除了倾听若有若无的海浪，再就是林中传来的几声孤独的鸟鸣。

可是不知从哪一天开始，人们发现每到半夜大狗老黑就紧张不安起来，最后总要贴紧着老陈的腿肚向一个方向，脊毛竖起一阵猛吠。这样的情形几乎每夜都要重复，时间总是午夜。有人就问老陈那是怎么回事？老陈肯定地回答：

"那是一只獾，它一到半夜就要翻墙进来。"

"为什么？"

"我也不知道。"

日后有人寻过那只獾的蹄印，稍稍研究了一番，结论是：这只獾曾经在栅栏墙围住的地方生活过，因为墙内有一截老河道，两条干水汊上有几个洞穴，大概其中的一处做过它的家。总之，它每到了半夜就要想念家园故地，所以这才翻墙入内，夜夜如此。

按我们的想象和推论，栅栏墙外边是无边的林野，那里才是一个更广大的世界，也更适合它的生存，而且有更多更长的老河道和水汊——但问题是只有这片被栅栏围住的地方才是它的出生地，于是任何地方都不能替代……这只獾是如此的固执，无论是明月高悬还是漆黑一片，只要到了半夜就要攀墙过栏进来，惹得老黑不停地吠叫。

主人老陈不得不一次次平息老黑的怒气："让它来吧，碍不了咱们什么，它不过是进来溜达溜达。"

一只獾尚且要念念不忘自己的家园，更何况是人。

这故事，引发的是人与自然的思考。作者认为，人的不安与焦虑是一个老旧的话题，但人类在网络时代所表现出来的巨大惶惑倒是前所未有的。人们安静下来也会有"午夜的冲动"，渴望返回自然，就像那只被栅栏矮墙围在外面的獾。不同的是人却难得攀墙而入。由于隔了这样一道不可逾越的墙，人对自然的叩问和深思就变得越发急切了，并且要用比以往更激烈的方式表达出来——目前流行的"自然生态文学"，在国内通称"环保文学"，只不过是一个侧面，是其中的一种而已。

对于我们置身的这个时代，作者有着深刻的悲悯，他借一篇作品中人物的口说："这个世界非常危险。这个危险是非理性带来的，欲望主义、消费主义、物质主义粗暴地控制了这个世界。人类就像被劫持了一样，正处于危难之中。"作者又说："当代文学在具有了全面激活、呈现蓬勃生机的同时，也表现出对物欲的彻底臣服，即从一个极端走到了另一个极端。这个时期,生命的自然感受力大幅度退化,人们对大自然或者视而不见,或者目光变得尖利起来——那是攫取的目光。""在今天,不同年龄段的写作,在各自的创作所追求的目标上,实际上有一种异曲同工之妙:鲜有例外地追逐着市场效应。这就进一步脱离了永恒的思索,丧失了大自然的坐标,不再追求真理,格局空前变小。""阅读中国当代文学,每每会有这样的一种感受:我们拥有当前物欲世界的最庞大的一支伴奏队伍。在这方面,我们如今真的已经是'后来居上'了。"

我特别赞赏作者以下的一段话,他分析:

我们急切的功利性无所不在。我们的传统中也许有着过多的实用主义的心智,并且从现实操作的层面上给予了不适当的推崇。比如长期得到赞赏的"水能载舟亦能覆舟"这句话,我们就将现实应用和精神推崇混为一团——现实生活中,有人正是出于对"覆舟"的恐惧,才有了对"水"的善意。可是我们不禁还要设问:既然乘舟者也来自"水","水"才是他的母体,即便"水"不能"覆舟",不是也要对它爱惜与敬畏吗?这应该是乘舟者的本能与责任。因为惧怕而不得不施与的"善意",当然是大打折扣的。

我们文学中对待自然的态度,一如对待"水"的态度:现实的社会治理不可不考虑这种"水舟"逻辑,可是文学上却要上升到道德与理想的层面,回到生命的感动。这是有所不同的、不容混淆的。我们热爱自然,保护自然,不是因为害怕报复,更不是为了有效地索取,而仅仅因为她是万物的生母、她的无可比拟的美、她的神秘动人,还有——我们只是她的一粒微小的分子……

这番话,是众多"环保文学"的作者和评论家说不出的,也是政治家们说不出的——我们在什么时候听过如此剀切的高论?

接下来许多篇,都谈到人与自然。作者对当今物欲主义的泛滥,痛心疾首。他说:"只要是物欲主义盛行的地方,就一定会是野蛮的。走遍世界的每个角落,这可能都是一个通理,而且无一例外。淳朴才有文明,才能知书达理。到一些物质生活很差的地方,比如说边远的村庄,常常会觉得其他方面很好:社会治安好,人和人之间的关系也很正常,人们乐于助人,相互融洽;可是如果放一台电视机在这个村里,再扯上一些网络电脑,用不了三五年,这个村子就会改变,变得不再安全,风气也败坏了。这都是无法回避的事实。这就足以引起我们的反思了。"

作者对媒体的表现很不以为然,他同样借作品中一个人物的口说:"媒体与财阀、各种强势集团的结合,浑然天成般紧密无间。媒体不要说直接传达利益集团的一些意志、体现他们的一些具体措施和意图,还有更有效更隐蔽的做法。举一个简单例子,媒体很愿意把人们的注意力和兴趣往消费和娱乐的方向引导——这本身就会被任何时期的利益集团所喜欢;而且这种娱乐中哪怕饱含特别伤风败俗的东西,也绝不违背集团利益。因为这些集团正需要人们转移趣味,将民众从理性状态引开去,无暇或不愿面对一些很质朴却是逼到眼前的重大现实问题。什么人的不平等问题、环境问题,更包括社会正义、个人权利的保护和表述,都统统不再思考。"

这番话，正是我想说而又嗫嚅的。比如让小丑类的演员占据主要舞台，我就觉得背后大有玄机，一直想讲而又苦于无法表达，说不透彻。另外，作者对体育运动的认识，也是我很早就考虑过的，只是我"懒"得写，而他，却巧妙地借他人之口发言："前不久世界上某个对奥运很有影响的人物去世了，世界传媒对其一生所做的'两件大事'竭力赞扬，认为居功至伟。其中一件是把奥运会和商业运作结合，使其有了大量的资金，媒体介入，广告收入激增，可以赚取大量的钱；另一件就是把专业运动员纳入了奥运比赛，允许他们参加，使奥运会的整体竞技水平大大提高了。媒体评价认为，这是他对奥运会做出的两个'革命性的、开拓性的贡献'。"然而，"人民从事体育运动是为了有一个好身体，从而更好地投入日常工作。所以体育必须保持这样的品质：业余锻炼。这是最基本的、必须坚持和维护的一个属性。这本来就是劳动之余活动一下身体的事情，是为了更健康；可是一旦有一部分特殊的人，他们把所有的工作都放下，只将锻炼身体变为一个专业，成了一个专门的竞技行当，其性质也就改变了。只为了比赛争夺第一，这有点太离谱。这完全走向了体育运动的反面，走向了本来意义的反面。这样做不仅没有益处，还有伤害。在这方面，世界第一流的比赛活动比如奥运会，更应坚持体育的本质属性和追求，因为它有更大的示范意义。"

作者呼吁反潮流的精神。他说："不光是文学家，包括各个方面的思想者，也要有那样的一种勇气，就是以个人的单薄的身躯扑向滔滔洪流，有点力挽狂澜和拒绝的勇气。没有这种不自量力的、牺牲的勇气,就不可能是一个好的作家,不可能是一个自觉自为的人。"

在《小说与动物》篇中,作者讲了一则外祖母述说的故事:"她说有一个猎人,这个猎人就住得离我们不远,她甚至说得出他的名字、多大年纪。她说他经常到海边这片林子里来打猎,有一次遇到一只狐狸,当举起枪的时候,那只狐狸马上变成了他的舅父,他就把枪放下了;可是刚放下,对面的舅父再次变成了狐狸,还做出一些很怪异的动作引逗他,他只好把枪端起来——当他正在瞄准的时候,这只狐狸重新变成了他的舅父。就这样反反复复三四次之后,他终于认定这是一只老狐狸的把戏,就把扳机扳响了。随着轰隆一声,事情也就结束了——待烟雾消散之后他走过去,见猎物趴在地上,翻过来一看,真的是他的舅父!多么恐怖啊。他大惊失色,哭着,可又不太相信,仍然觉得这有可能是狐狸演化的。他扔了枪,一口气跑到舅父家。舅母一看他慌慌张张跑来了,问有什么事。他只急急地问舅父在不在家。舅母答:你舅父到海边砍柴去了。他立刻给舅母跪下了。"

年幼时,他认为这故事是真。长大后,他明白是幻。到底是真是幻?他现在已经搞不清楚。你看他对世界的认识:"世界各地常常透露出这样一些消息:不止一次发现了史前文明,几千年前的高科技,什么木乃伊中发现的人工心脏、矿石中的金属结晶体,甚至是原子爆炸的痕迹。这些信息得不到广泛传播,好像现代人不愿正视,因为这会削弱我们当代人生活的信心、削弱某些权威性。我们可以设想,在这无数的史前文明的发现中,哪怕其中只有万分之一是真实的,也能说明一个尖锐逼人的致命问题:人类文明早已达到或超越了今天的水平,并且已经循环了多次。这'多次'的实质内容，无非就是说灾难的无可避免。原来人类依靠自己的聪明和智慧，还有无数的汗水才积累起来的财富和科技，最终却难以保持和保存，最后总是被毁灭。是什么毁灭了这些积累？不可抵御的天灾？像核原子那样难以控制的科技成果？如果是后者，那该多么悲哀。"我在花甲之后热衷于文字考古，我从古文字学以及其他考古材料中得到的人类文明多次循环的启示，和张炜的结论惊人雷同。

《午夜来獾》共274页，分为三辑，当晚，我只读了其中一辑。这一辑就决定了我对张炜的态度：他是有定力有深度的，值得倾心关注。

回京后，我订购了张炜的长篇小说《你在高原》（39卷10部），我不急，慢慢翻，也是慢慢修炼。

铁心 "三农" 吴圣堂

在温州采风——因为之前写过一部《寻找大师》——所到之处，人们踊跃向我推荐当地的招牌式人物，如国学泰斗、数学宗师、理论权威、文学大咖、象棋天王、金石巨匠、木雕圣手、武林英杰、音乐名流等。七八天访谈下来，不由得心生感慨：温州并非传说中的重商轻文之地，它的文化底蕴，同样悠久而厚重——你是否也和我一样感到意外？

我是被焐热，甚至被震撼，终于释然。"大师是一种社会坐标，天地元气。对一个以文化复兴为重任的社会来说，大师的存在，不是可有可无，而是至关紧要，不可或缺。"是的，这话是我说的。我还说过："找，是一种过程。找的本身，往往比结论更有意义。"然而，当我合上采访本，满载而归，当我伏案，凝神构思，那最先，也最顽强地浮现于脑海的，却是一位与大师八竿子打不着的草根式人物。

他的名字叫吴圣堂。

吴圣堂是云岩乡鲸头村人。这是一个依山邻海的古村。历史的亏欠，曾经又穷又破。地域之所在，一度统辖于苍南。如今径直隶属龙港——就是那个名闻遐迩的"中国第一农民城"——2019年8月，龙港镇从苍南县分出,独立成市。

龙港,云岩,鲸头,听名儿,就察知这是龙腾鲸跃之乡。

"你是 1958 年出生的,对于早年的贫穷,还保留着哪些记忆?"是日,在鲸头村,我问吴圣堂。

"民以食为天,小时候,最难熬的日子,就是没饭吃。"他答。

"听说你母亲卖了一担红薯,买回 7 斤米,你却偷了 3 斤,送给小学的班主任。"我直视他的眼睛。

"有这事,"他露出憨厚羞涩的笑,"那年我 11 岁,小学三年级。"

"你母亲发现了吗?"

"7 斤米少了 3 斤,将近一半,母亲立马发觉。"

"她有没有追查?"

"没有。当年没有,后来也没有,终生不提这事。"

"这不合逻辑。"我摇头,"那是拿米粒当珍珠数的年代,发生了这么大的'盗窃案',母亲为什么不追查?"

"我猜她心里透明,吃准是我干的,而且肯定送给了老师——我在她面前提过,老师家已经断粮。"

"你母亲真了不起!"我说。

正因为母亲如此深明大义,孩子才会如此胸怀宽广。

念完初中,停学习医;17 岁入伍,19 岁入党;22 岁复员转业,一边行医,一边搞养殖;因为行端品正,致富有方,26 岁,被遴选为村党支部副书记;卸任后趁改革大潮,下海经商;创业有成,最终在北京安家落户——这是吴圣堂的前期轨迹,踏实,顺遂,风平浪静,波澜不惊。

不是猛龙不过江，平静打破在四十而不惑——吴圣堂重返鲸头村，投资建设水厂。山区吃水难，这一直是他斩不断理还乱的心结。

吴圣堂万万没有想到，他的这一久经深思并获当地政府一拍即合的决策，竟使他脱了一层皮，又一层皮。

皮从打井脱起。山区水位低，他雇了数十民工，历时大半年，耗资十来万，掘得的一方深十七米、长宽各十米的大井，却在即将竣工之际，为一场不期而至的暴雨冲塌——怎么办？咒天无门，欲哭无泪，咬咬牙，挺挺胸，只好从头开挖。

比起打井，更挠头的是把水管通到各家各户。起先仅仅是两个村——嘘，你可不要轻看——村民居住分散，水管所经之处，涉及方方面面的利益，得一户一户疏通，一米一米推进，小农经济的视觉障碍、心理梗阻，一句暖心话没说透，一点真情意未到位，足以叫前功尽弃，功亏一篑。

然后引进水库的水，水厂扩大，服务的村子增加到13个，这是好事，也是麻烦事。个体与集体，民营与国营，宗族与宗派，地下管线与地上道路，明里协议与暗中斗角，纠缠纠结，冲突冲撞，如果你没在基层干过，很难想象怎么会有那么多层出不穷的"鬼打墙"。

开弓没有回头箭，中对口村的一位村委会老主任对我说："吴圣堂身上有一团火，走到哪里燃烧到哪里，跟他接触，你会感受到共产党人的英雄气息。"

又一位老奶奶，鲸头村的，告诉我："圣堂在京城娶了媳妇安了家,他已不是我们村里人,但我看来看去,他一点没有外心,这后生仔没忘本。"

俗话说,群众的眼睛是雪亮的。吴圣堂在云岩乡风风火火、兢兢业业十年苦干,终于赢得上上下下的认可。2008年,鲸头村50位党员联名推荐,上级党委拍板任命,吴圣堂出任村党支部书记。

离开20多年,重新回到村书记的岗位,吴圣堂说,他有点措手不及。

回来办水厂,这是生意,尽管是民生工程,微利,微利也是利。

当支部书记就不一样。首先面临两地分居,妻子在北京,他在鲸头,办厂可以来回跑,自由,当书记就要时时刻刻坚守第一线。50岁的人了,不缺吃,不缺穿,图个啥?妻子又会怎么想?

吴圣堂的妻子是中央某单位的公务员,她深知老公的信仰、信念,郑重考虑,最终表态全力支持——又是一位深明大义的女性!

其次是立党为公,为民表率。工资——分文不取,全部捐给村里;代步车——用自己从北京带来的,相关费用也是自己出;长途电话费、温州往返北京的交通费(相隔三千里之遥的代价)、洽谈项目的公关费——个人掏腰包;世俗职务上的外快、人情、红利——一律拒绝,两袖清风。

农村工作的重点是"三农"。农业的发展在高质高效,吴圣堂提出向荒原要产量,向薄土争效益。他带领村民,将过去因掘土制砖而抛荒多年的数百亩坑洼地进行平整,恢复耕种;从邻县运来360吨牛粪，改善土质，增加肥力；在此基础上，又创建蔬菜种植专业合作社，有水果种植、淡水养殖，广辟财源，扩大农民工就业。农村的理想是宜居宜业，鲸头村历史久远，北宋已形成以杨府殿为中心的村落，现存古建古寺甚多，吴圣堂上任后，大抓绿水青山，大力开展宗教民俗文化活动，兴修道路、水渠，改造危旧房屋，拓宽街道，捐款修桥（为此卖掉了北京自己名下的唯一一套房产），使最僻塞的死角也首次通上汽车。当然，他也利用自己在京温两地的广泛人脉，为鲸头村争取到若干政策上的优惠和项目上的优先，一举把它打造成省级非物质文化旅游区民俗文化村。农民的终极目标是富裕富足，吴圣堂大抓精准扶贫，共同富裕。农业上去了，旅游业上去了，副业、餐饮业也水涨船高。游客至此，旧貌新颜，今非昔比，一派乘长鲸掀万里浪的壮阔气象。

2020年，六十有二的吴圣堂又添了一个新头衔：龙港市农业产业发展协会首任会长。看来，他已离不开这片乡土。屈指二十二年，他在这儿的摸爬滚打并不是顺风顺水，其中有误解，也有委屈。但是他秉持初衷，无怨无悔，铁心"三农"，笃定笃行。吴圣堂的身上洋溢着一股共产党人的元气，磅礴浩荡之气。一位因他的感召而回村创业的大学生说："吴叔是反哺乡梓的草根闯将，为民造福的时代楷模。"一位龙港市的作家说："吴圣堂树立了新时代的精神坐标。他不是大师，胜似大师——他离开城市，扎根山村，埋头苦干，久久为功，集中到一点，就是诠释共产党人的担当，描绘新农村的壮美画卷。"

看海明威垂钓

看海明威垂钓，在月光下的加勒比海。

海上航行进入第七天，游轮离开墨西哥的科苏梅尔岛，驶向终点也是当初的起点劳德代尔堡。夜半时分，我突然惊醒——我的睡眠一向欠佳，入睡难，睡眠浅，容易醒，但谈不上惊——这是怎么回事？我从梦中霍然坐起，细细回忆，是为一篇短文的写作，一幅惊悚的画面。唉，这是职业病了。为了平复心绪，干脆起床，拉开房门，走上阳台，眺望月光下的大海。自从在劳德代尔堡登上游轮，七天来，我每晚都要在这阳台上沉思、遐想、写作。我承认，我已经把我的魂儿留一缕在这吞吐日月、汇纳百川的大洋。也只有在这片蓝其发而绿其睛的热带海洋的怀抱，才能诞生海明威这种飓风气质的作家。啊，海明威，前一刻梦中我正是见到了海明威，才一跃坐起……不瞒你说，明天下了游轮，在迈阿密的最后一个项目，就有参观海明威在西礁岛的旧居，这是一个亮点，是写作的素材。晚饭后，我一直在琢磨这篇短文怎么写，海明威是个独特而又被写烂了的角色，不管愿意不愿意，我恐怕只能老生常谈。

我会束手就擒吗？

海明威生于 1899 年，是我父亲的那一代人，他 1940 年来过中国，那时我还没有出世，我见识海明威，只是通过照片。海明威身高背阔，浓须密髭，宛然《三国演义》中的张飞（刚才梦中我正是这样想的）。他最爱摆拍的姿势，是半蹲在地，手持猎枪，身旁躺着一头猎获的野牛或豹子。

海明威喜欢狩猎，那是西部牛仔的趣味。他好胜，他有一颗大心脏，他把报复性十足的豹子或兽中之王狮子击毙，从血腥中感受尊严，从残忍中觅取快乐。

一次，在非洲，海明威瞄准 60 英尺高的树桠上的一头豹子，扣动扳机："只听'哗啦'一声巨响，豹子跌下来，身体形成一个半圆。尾巴朝上，脑袋朝上，背朝下。在下落过程中身子弯得像一轮新月，随后重重地摔在地上。"（《曙光示真》）这种畸形的审美，无论如何，我看不出，更写不出。

海明威酷爱运动，包括足球、冰球、游泳、骑车、滑雪，尤其是拳击。他从小就野性十足，他的热血需要喷涌，他的勇敢需要释放，他居然把练习拳击视为"甜蜜的科学"。海明威一度移居西礁岛，在后院专门搭了一个拳击场，得空就练。他甚至甘心为职业拳击手当陪练，他要的就是拼死相搏的刺激。

海明威热衷斗牛。他在西班牙接受了这种狂暴的运动，他说斗牛是一种"绝无仅有的使艺术家处于生命危险之中的艺术"。他渴求艺术的升华，他更渴求危险的逼近。他认为正是有了死亡的威胁，艺术才可能走向博大、永恒。在他的笔下："刺杀公牛那一刻的妙处就在于人与公牛融为一体的那一瞬间，只见那剑一路推进，人俯身顶着它，死神把人与公牛两个形体结合在一起，融入了这场较量的激情、美感和艺术的高潮。"（《死在午后》）他甚至说："人生就像是斗牛，不是牛被人杀死，就是人被牛挑死。"

海明威参加过一战、西班牙内战、二战。他认为男人就应该上前线。他痛恨战争，但不畏惧战争。枪林弹雨在他身上制造了两百多处创伤，好在都不致命，他却因此脱胎换骨，由一个青涩的小子成长为一个出色的战地作家。

海明威嗜酒如命，白天喝，晚上更是大喝特喝，他把喝酒当作一天最后的功课，喝得烂醉如泥，倒头就睡。第二天一早，却又精神抖擞，头脑清晰。他对不懂酒趣的作家，感到十分惋惜。比如，他给一位俄国作家写信，说："难道你不喝酒吗？我注意到你对酒有些轻视。我从15岁就开始喝了，这是为数不多能带给我快乐的事。当你脑力劳动了一整天，想着第二天还得继续工作的事，还有什么能像威士忌一样改变你的想法，让你的思绪飞到另一个位面？当你浑身湿冷时，还有什么能温暖你？"

我也不喝酒，因此，站在旁观者的角度，我只能说：他是酒神，不是酒鬼。

海明威情感混乱。他一生结过四次婚，此外还有数不清的情人和一夜风流。说他"情圣"，过于恭维。说他花心，倒也贴切。他的放荡是赤裸裸，不加掩饰，不以为羞。在他的名作《乞力马扎罗的雪》中，主人公哈里说："爱是一堆粪，而我就是一只爬在粪堆上咯咯叫的公鸡。"不知道这里有没有他玩世不恭的体悟。

据说海明威习惯站着写作，而且是单腿独立。他认为坐着太舒服，笔下容易废话连篇，站着辛苦，就会逼迫你拣最重要的东西写。我试过，觉得双脚落地，可以仿效，单脚站立嘛，因为吃劲，注意力难免向腿部集中，妨碍思考。毕竟我不是他，海明威的一条腿曾负重伤，用另一条好腿站立，也许是无奈的选择。而且，他可谓伤痕累累，体无完肤，久坐不舒服，有时干脆站立。将偶尔说成常态，这是海明威的故弄玄虚，他惯于言过其实。

海明威强调"冰山原则"。他说："冰山在海上之所以显得庄严宏伟，是因为它只有八分之一露出水面。"是以，他行文尽量简短，把大量的感受、背景和言外之意统统留在言外，让读者去想象、挖掘。这一点，我认为他做得很好。比如《老人与海》，他只是说有一个老人和一个男孩，至于老人和男孩的具体年龄，毫不犹豫地省略。又如，前面提到的名作《乞力马扎罗的雪》，画面辽阔，情节错综，全文仅有一万七千字，突兀而起，戛然而止，端的是绝妙手笔。

海明威之所以为海明威，除了以上种种爱好、癖好，更值得一说的，是他的垂钓。这是得自于他当医生的父亲的遗传，他从小及大，走到哪儿，身边都离不了钓具。海明威在西礁岛生活过11年，在古巴哈瓦那生活过20年，这是他从成熟走向衰老的大半生年华，在这期间，他基本上是上午写作，下午海钓。他钓过的大鱼，据说有的重达五六百磅。

海明威钓上来最大的一条"鱼"，无疑是《老人与海》。那是1952

年，写作地点在古巴。故事在他心里，已反复酝酿了 16 年。他说绝对可以写成一部长篇，结果只动用了 5 万字。故事说：老渔夫圣地亚哥出海，一连八十四天，没有捕到一条鱼。这是一种暗示：老人已经迟暮，时运不再。到了第八十五天，怎么样？老人依然出海，而且一清早，就把船划出很远很远。终于，他的坚持有了回报，老人钓上了一条比船还大的马林鱼——说明上帝没有把他抛弃，他仍然有好运相伴。但是，海上不仅有老人，还有鲨鱼，大群大群的鲨鱼，这是另一种渔夫。鲨鱼闻到血腥赶来，与老人展开争夺马林鱼大战。老人孤军奋战，拼尽全力，直到马林鱼肉被鲨鱼掠食殆尽，仅剩一副空空的骨架。老人拖着鱼骨返航，纵然如此，他还是要感谢风，风带着他畅游海域，风很讲交情，虽然有时候也会翻脸。此外，他还要感谢大海，大海就是他的家，那里有他许多好友，也包括敌人。另外，还有床。床也是好朋友。吃了一场败仗以后，没有比上床更舒服的事了。他已有三天三夜没有挨床，他是多么渴望在床上呼呼大睡一场啊。那么，等等，又是什么将你打败的？老人拍拍脑袋，提醒自己：我是遭遇了挫折，但没有被打败。没有，绝对没有。这就是海明威笔下的老人，这就是《老人与海》向世界呈示的硬汉形象。

正这么想着，蓦地，我发现，在离开游轮数百米外的海面，反向驶来一艘机动小木船。夜这么深了，谁还会在大海上游弋呢？我返回舱房，取出望远镜，对准了看，天哪！竟然是一位大胡子渔夫，他一手操舵，一手拉着钓绳。他是谁？不，他像谁？他使我想起……是的，你没有猜错，他使我想起前文屡屡提到、一路与我同行、明天又要在西礁岛直面其故居的海明威。

1953年,《老人与海》获得普利策文学奖。

1954年,《老人与海》又获得诺贝尔文学奖。

瑞典科学院在给《老人与海》的颁奖词中说:"人们应该记住,勇气是海明威作品的中心主题——具有勇气的人被置于各种环境中考验、锻炼,以便面对冷酷、残忍的世界,而不抱怨那个伟大而宽容的时代。"

我么,此刻,站在游轮的阳台,我想的却是海明威在哈瓦那常乘的那条小木船,他那搁置了16年未钓的"大鱼",他日趋衰老的身体,他的心犹不甘的斗志,还有,就是他用筋骨做成的钓具,用血肉做成的钓饵。

月光下,海明威和他的小木船渐行渐远。尽管我知道,这只是幻象,海明威早在1961年7月2日,在疾病缠身江郎才尽之际,取下那管陪伴自己12年的双管猎枪,倒转枪口,对准了自己,扣动了扳机——这正是让我在梦中惊醒的场面——我还是死死地盯着那远去的船影看。如果有可能,我想,我情愿拿这艘豪华的皇家游轮,换取他那艘垂钓用的小木船。

贝多芬只有一个

年轻的贝多芬闯荡维也纳,他在那儿找到了崇拜者,也是朋友兼房东——李希诺夫斯基亲王一家。亲王全家对他关怀备至,体贴入微,用知情者的话来说,他们"恨不得把他置于玻璃罩,以免遭受不洁空气的污染"。对此,贝多芬自然心存感激,但这感激是有原则的,有限度的,他决不会因此变得低三下四,卑躬屈膝,因而才有几日后和亲王一家尖锐的冲突。关于冲突的细节,坊间流传有多种版本,叙述不一,本文姑且撇开不谈。有一点是肯定的,那就是:亲王企图通过爵位的尊严,迫使贝多芬改变自己的意志。贝多芬勃然大怒,他当下搬出亲王的宅邸,并宣布与之绝交。他在致亲王的绝交信里写道:您之所以成为一个亲王,只是由于偶然的出身;而我之所以成为贝多芬,却是由于我自己。亲王现在有的是,将来也有的是;而贝多芬永远只有一个!

贝多芬为世人称道,首先是因为他失聪而不失志。耳聋,对常人而言是部分世界的死寂,对音乐家而言则是整个世界的毁灭,整个世界毁灭了,而贝多芬依然挺立,而且他还捕音为凤,谱曲为凰,于烈火余烬中重建欢乐的世界。其次,就在于他冲决一切罗网、碾碎一切障碍的独立意志和自由精神。

我很欣赏贝多芬的自尊、自傲与自豪,这是卑贱者的真理。山茱萸因植根于峰巅而显其高,但山茱萸永远是山茱萸,不会因之就灿烂为云霞。常春藤因缠绕于宫墙而显其贵,但常春藤永远是常春藤,不会因之就升格为灵芝。任何高贵的出身,都不过纯属偶然,而卑贱者通过自身的奋斗,却能创造出高不可及的必然。牛顿出身农家,而且是遗腹子,生下来就没有父亲,他依靠自己的努力,尔后不是跃为有史以来最伟大的科学泰斗!达·芬奇是私生子,生母、继父都是农民,这样的小可怜,日后不也跃为文艺复兴时期的第一巨人!

贝多芬就是艺术世界的牛顿,音乐王国的达·芬奇。他是唯一,自鸿蒙初辟、混沌初分以来的唯一,不可复制的唯一,万难克隆的唯一,无从取代也无法摧毁的唯一!

最初接触到贝多芬的特立独行,是 30 年前,在西洞庭湖农场,一灯如豆的晚上。茅庐外风急雨斜,蚊帐内长吁短叹。失意而兼失眠,无奈而又无聊。这时,贝多芬的铿锵话语,顿使我眼前一亮,刹那间背脊也似乎挺直许多,硬朗许多。"昔如埋剑常思出,今作闲云不计程。"而今,当我在南窗下重温贝多芬的铮言,感兴趣的,已不再是他的自我奋斗、自我崛起,而是他的成胎际遇,或曰成长背景。贝多芬生活的时空,前有康德,后有尼采,左有莫扎特,右有歌德,周边还有左拉和拿破仑,俾斯麦和米拉波,以及丹东……那是一个"千山风雨啸青锋"的欧洲大陆,那是一个"我劝天公重抖擞,不拘一格降人才"的欧洲大陆,唯其如是,才有了音符的狂飙从他的五线谱上挟势飞腾,唯其如是,他才得以借用拿破仑的十指,向世界,向冥冥中的命运,奏响他的《英雄交响曲》!

补　偿

当我们看到身躯肥短、相貌丑陋的苏格拉底在长街踽踽独行，天性热烈、风华绝代的但丁长期在异乡漂泊，文艺复兴的巨匠、《蒙娜丽莎》的作者达芬奇终生与爱情无缘，哲学大师康德划地自囚，一辈子从没离开家乡一步，孤独而忧郁、沉默而绝望的卡夫卡自比为"一只渴望在石头之间藏身的寒鸦"，不必为之悲叹，不必，因为他们在某一方面的失落，最终又都在另一方面得到了补偿。此情此景，正如一句西谚所说："上帝在这边关上了门，又在那边打开了一扇窗。"

我常常盯着上帝打开的窗户出神。报上说，一个智力低下的男孩，却有着超常的乐感，如今他已成功指挥了多场大型交响乐，并到国外巡回演出；又说，也是一个智商极低的男孩，却天生擅长心算，不管多么复杂的加减乘除，他只要稍加思考，答案就会脱口而出；又说，澳大利亚的一个小伙儿，生来迟钝，嗅觉却比普通人灵敏2.5万倍。注意，不是二十倍，两百倍，而是两万五千倍！举例说，他居然能循着气味，找出一瓶放在十英里之外的花生酱。啊，这样的例子，生活中比比皆是，举不胜举。上帝的窗户促使我思索宇宙的平衡法则，并为造物的良苦用心而深深感动。

天才是对孤独的补偿，恒星的光芒往往要等若干万年才能抵达地球。《第九交响曲》是对失聪的补偿，贝多芬是在绝望中才拼命扼住命运的咽喉。推敲是对苦吟的补偿，贾岛仅凭两句小诗就流芳千古。灵感是对残疾的补偿，我正在读的斯蒂芬·霍金的传记中，有一段是这样叙说的：

因为肌体僵硬，霍金每晚上床睡觉，总是要花费很多时间。但正因为动作缓慢，才使他一边上床，一边有足够的从容思考其他各种问题。1970年11月的某个晚上，他在上床的过程中，突然捕捉到关于黑洞的灵感。这是他科学生涯中一个巨大的突破。

霍金还在上大学期间就不幸患了肌萎缩，随着病情发展，不仅日常行动，包括吃饭、讲话，都愈来愈困难。好在他的大脑功能，基本未受影响。幸亏他研究的是理论物理学，大脑是唯一真正需要的工具。这算得是不幸之幸。霍金的目光，不，霍金通过爱因斯坦的目光，洞察宇宙，他提出了宇宙大爆炸，他发现了黑洞。那些吞噬一切能量的、诡秘的、恐怖的黑洞，连天使也望而生畏，而他却漫游其间，乐而忘返。

如果没有疾病的刺激——医生曾判断他只能再活两年——他在研究方面的脚步，也许不会有这么快。正是由于厄运，才促使他产生了一种强烈的补偿心理——他不甘心被同仁轻视，不甘心被轮椅束缚，不甘心被天体糊弄，一句话，不甘心被命运击败。他要抓紧生命的每一时每一刻，挑战高高在上而又神秘莫测的宇宙。

年轻就是不成熟，不成熟的标志之一，体现在凡事都想得。老年则意味着成熟,成熟的特征,是悟透凡失必有得。

因而不再把什么都往怀里揣。

因而变得理解付出,乐于付出。

从前读欧阳修《梅圣俞诗集序》:"予闻世谓诗人少达而多穷……然则非诗之能穷人,殆穷者而后工也。"我理解这里的穷而后工,主要指呕心沥血、惨淡经营。你目不窥园,你足不下楼,一门心思扑在书本上,无暇照顾生计,自然要与穷困为伍的了。而遇穷不馁,穷且益坚,锲而不舍,文章总归会越做越好。现在再来读这番话,感受最深切的却是形势。你看,既然已经逼到这份上,要官没官,要钱没钱,食无鱼,出无车,上饭馆买不起单,亲戚邻居见了摇头,小偷进门都嫌晦气,撞上一家收破烂的……那就只剩下"华山一条路",拼命也得把文章写好——而缪斯女神也最青睐这种"拼命三郎",冷不丁的,就会向他掷过一朵大红花。

第四辑

浪花有脚

哲学的贫困

丹妮师从外国专家西蒙教授研究心理学。教授传业说:"妮,你们奉行的是'出头橼子先烂','枪打出头鸟',故而'人怕出名猪怕壮'。这充分显示了东方式的嫉妒心理。西方式的嫉妒心理则不然:你有本领,你超群,行啊,我向你学——总有一天我要赶上你、超过你……"

丹妮似懂非懂,食而未化。待教授讲完,忍不住问:"教授,我也是东方人,怎就不能体会那种偏狭的嫉妒心理?"

教授一愣,目光从眼镜片和鼻梁的空隙地带下泄,紧盯着学生飘逸的秀发和饱满的天庭,似乎在审视对方的真诚。

"大概因为你成绩出众,在研究生班处于强者地位,只有别人嫉妒你,而你不会嫉妒别人。你试试把自己摆在弱者地位……"

丹妮真的试了。她自小喜爱排球,是校队的主攻手。凭着和女排教练的熟络以及堂堂华夏大学的面子,她居然请得国家女排来校做一次友谊赛。

那一天,华夏大学的风雨球场座无虚席。比赛开始,国手先发球,章平站在底线外侧,抛球,猛击,说时迟,那时快,一颗明晃晃的流星直朝丹妮的站位扑来。她双手轻轻一垫,球垫飞了。观众堆里一阵唏嘘。1∶0,国手旗开得胜。跟着就是2∶0,3∶0,4∶0,直到7∶0,校队才捞到发球权。轮到丹妮发球,她站得离底线远远的,目光在对方场地上快速地扫描,有那么短暂的一刹那,她想体会一下弱者对强者的嫉妒……老天保佑,要是章平跃起接球,恰巧脚底下有滩汗,滑她一跤,5分钟爬不起来……可她怎么努力,那虚设的快意硬是涌不上心头……结果嘛,三局都是15∶2,校队输了,却没有人懊丧,丹妮的心情尤其好。输了球,不也学到很多技艺嘛!下次再比,没准能打到6∶15,8∶15,嘿——她还直乐哩。

她把自己的实验报告西蒙教授。

教授摘下金丝眼镜,凝思片刻。"哦,"他分析说,"嫉妒之甚,主要表现在名位利禄之争,你和国家女排彼此没有利害冲突,因此也就不能产生嫉妒。试想想你在同学之间……"

同学!丹妮谨遵师教,深刻内省。同学中虽说她成绩最优,惜乎万事古难全,她也一样有许多不及之处。比如:俞同学天生丽质,众所钦羡;魏同学擅长丹青,颇有画名;董同学精研外语,绰号"懂十国"……嫉妒他们吗?不能完全否定。但与其说嫉妒,不如说是羡慕,与其说是羡慕,不如说是欣慰、自豪。自豪?你有什么可自豪的?当然有啦。教授不是说要从利害关系着眼考虑吗?这些天之骄子都是研究生班的,有同窗之谊,她自然是有理由感到自豪啦。

丹妮无论如何也体会不到教授所指出的那种醋劲。当她再次向教授诉说了自己的实验之后,西蒙教授以手击额,沉吟良久。这回,他仿佛悟到问题的实质了。

"妮，"教授开始修改自己的结论，"心理的偏狭与否，看来不能以东西方的地域来区分，这里起决定作用的，应还是民族、个人的气质。你之所以不能体会那种狭隘的嫉妒心，是因为你的血液里流着黄河，你的脊椎里立着长城，你是那种有着黄河和长城的东方人。"

书香与气度

我住在七楼，楼道出口挨着图书馆（在我眼里，其实就是一个图书室）。架上的书籍，清一色为英文。

登船第一天，我就把架上的书籍浏览了一遍，确信，没有英语之外的文字；我感到遗憾，当然怪自己不擅英语，也怨船方缺乏地球村的目光。你看，联合国除了英语之外，还规定了另外五种常用语，即阿拉伯语、汉语、法语、俄语、西班牙语。游轮既然想把生意做到全世界，文字就不能闭关自守。

图书馆提供免费借阅，这很好，台桌摆着登记簿，你只要写上书名、房间号，就可把书拿走。从记录看，借书的名单日日在拉长，他们或许借回房间看，更大的可能，是坐在、躺在阳光下的甲板看。待在现场阅读的，寥寥无几。

首日，始终只有一位老先生，坐在沙发前排，专心致志地翻书。我心忖，他也许是图书馆管理人员。

晚餐后，老先生还守在那里，更增加了我的猜测。

次日，海上航行，天的茫茫覆盖着海的茫茫。图书馆热闹起来，都是和我年纪不相上下的老头儿、老太太，大概嫌房间郁闷，甲板嚣杂，聚到这儿，呼吸可嗅可闻而不可买卖的书香。

是晚，我借图书馆整理笔记。我之外，还有一位老先生。不是昨天见到的那位，年纪更大，头发更白。

谁都不说话，他看他的书，我写我的笔记。

两小时后，老先生依然没有离场的意思。我得撤了，我想到要写一篇游记，我喜欢躺在床上构思。

是夜，凌晨两点，孙子翙州出去打开水。

问他图书馆是否还有人。

有，他说，一个老太太。

释然，不是那位老先生，他终于也撤了。吃惊，接替他"岗位"的，竟然是一位老太太。什么样的老太太，在度假的游轮上，夜这么深了，仍然待在图书馆看书？

第三天，发现泡图书馆的，都是白人老者。我没有种族偏见，并不是说只有白种人才喜欢读书。我只是陈述事实，指证的是图书馆现场。至于那些把书借走的，我无法核实。

对了，那天晚上，我遇见一组六人亚裔团体，占据了图书馆中间部分的沙发。不过，他们不是读书，是玩牌。我没能弄清他们的国籍，因为人人如哑巴，只管用目光示意，用手指出牌，一声不响。

顺便提一下，我们一行二十四人的团体，曾想借图书馆一隅开会，馆方不允许，理由正大得让人无话可说：众声喧哗。

第四天，感慨在图书馆流连的老人，一律着装整齐。虽然不像出席船长晚宴那样，恭而敬之地"正装"。以首日邂逅后时常碰面的那位老先生为例,银发纹丝不乱,短袖、长裤、皮鞋,都像量身打造,浑然一体而又活力四射。

第五天,惊讶沉醉在书香里的老人,身材都保持得很好。似乎一跟书打交道,就等于进了健身房,不论男女,都胖瘦得衷,修短合度。

是的,那些满甲板转悠的超级肥胖族,一个也没有在书架前出现。他们,请原谅我的一叶障目,他们留给我的典型镜头,就是手抓一个印有皇家加勒比标志的大号水杯,里面盛了可口可乐、雪碧之类,一边开怀畅饮,一边翻看手机。

第六天,我半夜醒来,睡不着,为了不影响翊州,跑到图书馆写笔记。在那儿碰到两位老者,一男一女,可能是夫妇,也可能不是,因为一个前排,一个中间,而且互不言语,形如陌生,让人难以定义。我选择后排,奋笔疾书。临了,打算回房,看到他俩像钉子那样钉在座位,腰板笔挺,全神贯注,活像图书馆的某种象征。

第七天,也就是今天,游轮从墨西哥的科苏梅尔岛返航。晚餐后,我去到图书馆,仍旧坐在后排,整理白日的见闻。末了,从挎包拿出一本中文书,堂而皇之地插上书架。我想用这种方式提醒船方,图书文种要为游客着想,尤其像我这种来自东方的少数游客。

你问书的名字,对不起,我不便透露。

——不会是你自己的书吧。

哪能呢?你想,出境度假,谁还会带着自己的书。再说,你看我像那种挖空心思、见缝插针、无耻推销自己的人吗。

我自有我自己的,也是民族的尊严。

浪花有脚

20 世纪初叶降生，而后成为文坛或艺苑巨擘的那帮人物，当他们还只是十来岁的"青青果"时，又在干些什么呢？你能想到的答案，恐怕只有两个字：念书。

而沈从文却在当兵。

当小兵，揣着一腔红彤彤的将军梦，一当就是六年，在他的老家湘西，半兵半匪，亦兵亦匪。沈从文渐渐起了惊惧，他不甘堕落，他要挣扎。挣扎的结果是在十九岁上脱离行伍，跑去千里之外的北京。

你怎么到这里来了？姐夫问，你来北京，做什么的？

我来寻找理想，想读点书。

沈从文早先读过几年私塾与高小，他生性厌恶管束，动不动就逃学。傅雷小时候也常常旷课。不同的是，沈从文的父亲，盛怒之下，发话要剁掉沈从文的一根指头；傅雷的寡母，愤恨之下，差一点把傅雷拖进池塘活活淹死。

在沈从文幡然悔悟、北上求学的年纪，傅雷也去了法国。

傅雷在巴黎认识了刘海粟夫妇。刘海粟出道早，17 岁就在上海创立美术专科学校，他的惊世之举——在课堂公开倡导人体模特写生，犹如一石激起千层浪,余澜至今未消。

　　海粟当初背井离乡,闯荡上海,原是为了挣脱包办婚姻。他成功了,令人目眩神迷的大成功,无论是爱情,还是事业。如今,正携自由恋爱的伴侣逍遥复浪漫。而傅雷呢,因为和一位法国女子拍拖,闹得神魂颠倒、水深火热。也许是受到友人甜蜜蜜的启示,那天,他鼓足勇气给母亲大人写了一封家书,表明自己业已成年,婚姻的事不须再让长辈操心,而应由自己做主。末了亮出底牌:请母亲容许他和表妹朱梅馥解除婚约。然后,鬼使神差一般,他竟把信交给刘海粟,托其代为邮寄。

　　奈何爱神丘比特总是弯弓不发,没过多久,傅雷和那位法兰西的金发女郎又彻底闹翻。新欢未缔,旧爱已辞,而可怜的寡母,而无辜的表妹,还不知在老家如何寻死觅活。傅雷悼心失图,方寸大乱,他想到了自杀。

　　幸亏刘海粟私下拆看了那封家书,幸亏,他望闻问切,审长计远,断然予以扣押。谢天谢地,此举不仅挽救了傅雷与表妹的婚姻,还等于在这位游子背后击一猛掌,催他尽快学成归国,走上一代翻译大家的道路。

　　世人记得,海粟来巴黎之前,在徐志摩和陆小曼那出瞒天过海、移花接木的新潮恋爱上,展示的,也是这份难得的侠肝义胆。

　　比较起来,我倒更欣赏沈从文的求偶。从文26岁时,经徐志摩推荐,胡适首肯,破格成为上海中国公学的讲师。虽为人师,毕竟尚是处子,没过多久,他就看上了班里18岁的少女张兆和。少男慕少艾,顺理成章的结局就是追。从文口不能悬河，笔下偏能生花，于是他就扬长避短，展开情书攻势。那是何等猛烈的炮火！别看他在战场上无所作为，移至情场，却表现得动如脱兔，惊才绝艳。张兆和饶是傲慢加偏见，也难以抵抗沈郎的坚韧和才气，四年后，她终于彻底抛戈弃甲——投入从文的怀抱。

在这场攻防战中，胡适也有上乘表演。张兆和曾把沈从文的一摞情书交给校长胡适，告状说：

你看沈先生，一个老师，他给我写信，我现在正念书，不是谈这种事的时候。

她希望一校之长的胡博士能出面制止。

胡适却笑笑，说："这也好嘛，他的文章写得蛮好，可以通通信嘛。"

而当这一帮青春男女拉开人生大幕之际，有谁知道，花甲之年的齐白石，也正躲在京城的一隅，潜心他的衰年变法。

这也是一颗多情的种子，不论于艺术，还是于生活。

罗曼·罗兰为贝多芬作传，说："贝多芬的一生宛如一天雷雨的日子。"

光这威势赫赫、大气游虹的比喻，就足以使吾辈心醉。

而此刻，立在南海边的一块船形礁石上，看眼前帆卷帆舒，涛生涛灭，我忽然悟得，许多文化艺术大师的一生，其实都是在各自生命的海域，做着形形色色的"摆渡"。

如果不能忘掉恨，就把它化成笑

到北京东郊看画，看朋友的画。朋友从老家来，在通州买了一块地，有好几亩吧。砌了一座楼，两层，坐北朝南，欧式。余下的地方，辟作了花园，图纸上的，暂时半充菜园，半为荒废，芜杂丛生。进得院门，有状似牛犊的花脸狗虚作恫吓，主人一声断喝，就立马摇尾乞怜了。狗的反应就是敏捷。进门，这回是客厅的门，进去了才知道，不是客厅，是展厅。既然来看画，主人就直接把我们领到画的前面。

一百平方米的展厅，四壁挂满了作品。油画，超级写实主义。这是同伴说的，我不懂，换作照相写实主义，明白了，就是画得跟真的一样。瞧这幅：一副自行车龙头，老式的，弯把，带铃——这是我年轻时骑的那种，永久牌的——外太空来物一般，凸现在画框的正中。是要破画向我飞来？抑或是等待我飞身跃跨上去？说是照相写实，其实比相片更具质感。金属的锃亮耀得目眩，黑色的塑料把手散发着多情的体温。又一幅：书案之侧，插满毛笔的竹筒，打开的书，迷你的盆栽仙人掌，笔杆上镌刻的小字"壮志凌云"，清秀在目；书页上的唐诗，李商隐的《无题二首》，竖排，仙人掌的纤刺，柔然挺然……并非一种风格，也有抽象的。我是外行，说不出什么流派、什么主义，远看似星云在爆炸、熔岩在流淌、繁花在绽蕊，近观，只见色彩的挥霍、挤压、呼啸。

看累了，看晕了，主人引我们去隔壁休息，这应该是客厅。我说"应该"，因为感觉上仍是展厅，外加画室。画布上的底稿，是一尊石狮，旁边搁有照片，不知摄于何府何门。壁上挂的画，基本是馈赠，都是同行送给他的，无非是山水、花鸟、人物，以写意的居多。唯有一幅，挂在电视机后面的，是卓别林风格的漫画——这是我的杜撰，作品由十多个独立的画面组成，乍一看，宛然卓别林的电影海报，仔细看，不对了，人物的打扮、姿势像卓别林，面孔却是东方的，而且，而且……那五官，隐约有点像他的一个同行，也是我们共同的熟人。

"我知道你会认出他，"朋友说，"这画平时挂在书房，今天特地挂出来给你看的。"

"这是不是，嗯，有点无聊？"我说。我知道这是他的仇人。其实也谈不上有多大的仇。那位仁兄，画艺不如人，偏生捣鬼有术，常常在关键时刻，比如画作评奖啦、美协增补理事啦之际，背后施一些鬼蜮伎俩，捣朋友的空，由是就结下了梁子。

"你就这样报复他？"我问。

"不是报复，只是化解。"朋友说，"报复是你一拳来我一拳去，看似痛快，实际等于帮对方的忙，因为你出拳之时，首先伤害的是你自己——你的情绪、你的心态、你的健康。我的漫画是喜剧式的，把他的明枪暗箭化作轻松一笑。耶稣说：'爱你的仇人。'诅咒你的，要为他祝福；凌辱你的，要为他祷告。我是凡夫，是性情中人，耶稣的告诫，无论如何做不到。但我可以把恨变成笑，在一种居高临下的睥睨中，把他的一招一式化解为动力和营养。"

"这也是21世纪的医学，"我说，"恶劣的情绪会导致血管收缩、血压升高，对身体非常不利，而愉悦的心情，有助于健康长寿。"

"我也是慢慢摸索出来的，生命，说到底，就是自身和周围世界的一种大交换，包括物质和精神。"朋友说。

"以阴暗交换阴暗，以快乐交换快乐，这也叫种瓜得瓜，种豆得豆。"我说。

玩味漫画中的那位仁兄，设想他的卑劣和渺小，禁不住悲从中来。

"你有仇人吗？"朋友显然误解了我的神色，突然冒出一句，"跟我说没关系，我也给你画这么一幅。"

"没有。"我断然回答，"从前是有的，记得吗，我写过一篇文章，题目就叫《仇家死了》。真正的仇家，在某种意义上，也是人生的一种激励，是成功之路必不可少的点缀。然而死了死了，一死百了。从那以来，生活路上大大小小的干扰，当然不会或缺，但是，我不再把对手当仇人，那样高抬了他们，也贬低了自己，我只是对他们心存悲悯，连嘲笑也不够格。"

"唔……你似乎比我进了一步。"朋友沉思片刻，说，"看来，我得把这画烧掉。"

于是摘画，掏出打火机——众目睽睽之下，那幅漫画顿时化作了袅袅青烟。

月·枫·城·声

苏州勾留，朋友一个电话把我勾去乡下——他的农家小院。

是老友了。二十年，三十年——喊，这还能说老？四十年，五十年——不止，再向上猜。那就六十年，到头了，你初中、小学的玩伴。

玩伴，倒是名副其实，六十年，还得往上加，古人怎么说的，"总角之交"，对啦，咱俩打小就是邻居，初中时失散，在茫茫而又滔滔的人海，搭帮互联网，近来又奇迹般地结为网邻。

忆昔两小无猜，叹今彼各天涯——是惋叹，也是慰藉。

说不完的话，说了半个上午加一个下午外带半个夜晚，还是想说——夜渐深，渐沉，总归要分手的了。

临别之前，老友让我留一幅墨宝。

"我只会写字，不会书法的呀！"

老友说："你谦虚。"

"不是谦虚，"我解释，"写字，传达的是片刻的思绪心情，书法，展现的是功夫技艺，两码事。"

"你懂书法的，"老友坚持，"从你今天谈的、写的，你懂。"

谈的？啊，我俩是谈到书法。老友是从某大学退休，潜心文史，热衷收藏,给我看了部分藏品,偏于汉唐碑帖、清代字画,今人的,少,极少,聊胜于无——显示他的志趣。

他去过长沙,登过欧阳询的书堂山,恰巧我也到过那里。

"欧阳询留下的是核,质的飞跃,注定将长留于青史。"

写的吗?晚间闲聊,我给他看了一则"今日谭"(这是近来新尝试的一种文体),是饭后的急就章,涉及当今书坛世相,其中说道:

"搞书法的人不能太少,少了文化就趋于贫血。

"搞书法的人不宜太多,多了社会就滋生浮滑。

"书法既是博学审美、修身养性的大道,也是吞噬时间、耗散精力的无底洞——眼见许多人踌躇满志地掉了进去,且永无出头之日。"

这都是冷眼旁观、大而无当的话题,并不能说明我真懂书艺。其间,老友曾问及临池的体会。我老实承认,少时也临过帖、临过碑,老来,不练了,多半是在伏案劳作之余,信手一挥,权当休息。而且,读书、写作既已疲倦,态势已呈强弩之末,再捉笔写字,精神更加不济(写字也是很累的啦),通常都是一时半刻,便掷笔作罢。

甭管如何推脱,老友还是执意要我留墨,二楼书斋有现成书案,文房四宝一律齐备。

看来是推不脱了。于是请老友回避,声明:"我写字是不要别人看的。"

独自一人,绕室徘徊。

抬头瞧见斋名"月枫城声",一愣。

推窗四望,纳闷,何方见月?何处植枫?哪侧近城?哪厢飞声?

196

这斋名大有玄机。

脑筋急转，啊，噢……不愧是苏州人家……遂拿过一幅四尺整张的生宣，横放，用习惯的行草，写了一首唐人张继的《枫桥夜泊》："月落乌啼霜满天，江枫渔火对愁眠。姑苏城外寒山寺，夜半钟声到客船。"你看明白了吗，"月枫城声"，分别对应每行诗句的第一、第二、第三、第四字，奥秘原来在这里。啊，听他说高考落榜，随在苏州城西教中学的大舅当初一代课老师，地近寒山寺，长夜无眠，他一定听惯了落第士子张继敲响的千古"夜半钟"。我边想，边把纸张掉个头，试着重写一遍，找找古人的，也是书斋主人的感觉……无眠并非长吁短叹，自暴自弃，他说，是沉下心来，坚持自学……三十三岁那年恢复高考，他完成了惊险的跳跃，成了南京一所大学的研究生……我写罢第二遍，左瞧，右瞧，觉得总差了点什么，索性把纸张竖放，写第三遍……十年前他从南京的高校退休，来此卜居，猜他当初就是在这一带代课，这是他的流落地，也是他人生的拐点和起点，这处农家小院是他的精神殿堂……我又把纸张掉过来，写第四遍，接着想……他说，晚间，酒喝高了，他面红耳赤地说，仿佛跟谁在争辩，唐诗里最美的，也是最让人悚惕的，就是《枫桥夜泊》。这是他的美学，他有旁人不可知不可解的生命密码，否则不会用明显出格的"悚惕"来定义。让他说，让他说，中间我想插问他二叔后来是否现身，又是否回国探亲？那领他到苏州当民办老师的大舅呢，曾是同济大学建筑系的高材生，想必早放下教鞭，重操旧业，趁房地产勃兴大展身手了吧？以及，既然夫人和孩子早早去了海外，为什么还要独自留守（夫人和孩子倒是常常回来，他偶尔也会去住上一阵。帮他料理杂务的是两位半老的学生），难道是安土重迁，留恋这享誉古今的人间天堂？抑或是出于某种宿命的、雷打不动的定数？话到唇边，又都一一咽回，既然他不提起，我也就别问，谨遵客随主便，默默地恪守底线，省略号里的灵犀一点……寻思间，我又把纸张反过来，照前挥洒四遍。你别笑，这是积习，小户人家，出于敬惜字纸的祖传。如是双面各两纵两横书写一通，纸上已然黑云翻滚，墨蛇狂舞。末了，搁回正面，用斗笔篆体，写了"月枫城声"四个大字。

扔于一旁，重新扯过一张白纸，回到行草，郑重其事写了一幅《枫桥夜泊》。

数天后，逛罢宜兴、南浔、乌镇，那日傍晚，老友又电召至其住处，说有惊喜给我。

登上二楼，进入书斋，主人拉开窗帘，但见壁上新挂了一幅作品，远看一块黑板，近看黑多白少，烟笼雾罩，虽然是以墨色、线条为主调，但它否定了点画、造型、布局、各种节奏与韵律——这是书法吗？当然不是，整体不是，局部不是，一笔也不是。这是绘画吗？没有哪个画家会承认，我想，即使最前卫的创作者，目光也不会在上面停留。但我在停留，有一种莫名其妙的亲切，好像他乡遇故知，犹如我与老友的重逢。咱俩，自少及壮及老，中间是长达六十余载深不可测的"黑洞"，像是两条互不相交的平行线，花自开其开，水自流其流，海阔鱼沉，形同隔世。而近来，通过互联网，特别是日前的应约再会，促膝长谈，"黑洞"渐渐变成了缀满白玛瑙和蓝宝石的夜幕，双方都从星移斗转中引出了一大堆五味杂陈、百感交集的回忆，说来俱是寻常事，但置于"人生不相见，动如参与商"的大背景下，又实实在在地显得不寻常。这是混沌初辟、草莱方开的情感世界，六十多年的"黑洞时光"是一部庞然巨帙，仅仅才掀开一角……

方遐想间，主人按亮了顶灯，我这才看清，眼前，画面上（姑且称之为画吧），影影绰绰浮现出四字篆书："月枫城声"。

下方贴有标签，用小楷署着我的名字，作品题名"天书"。

好一个"月枫城声"！

好一幅"天书"！

细辨，果然月色斑驳，果然枫影参差，果然城深似海，果然暗夜飞声——自唐诗的意境，自时光的深处——你听，钟声，寒山寺的钟声，正逸出画框，掠过窗台，融入夜风，飘进大野，在有心者的耳畔、心头、神经末梢，茫茫苍苍地回荡。

原来，主人把我试笔涂鸦的那幅废纸，加以剪裁装裱，堂而皇之地挂出来了。

一幅别具鬼斧神工的"天书"，就这样，就这样应和着千载前张继的心律，在千载后久别重逢的旧雨的书斋，以意想不到的姿态，破壁而出。

境　界

　　与登山家闲谈，叩问其人生境界，他以登临作喻，说起自己的经历。

　　伦敦有个海德公园，公园有个演讲者之角，没有讲坛，没有桌椅，演讲者的脚下通常就一个肥皂箱。肥皂箱能有多高？不外几十公分，但人一踩上去，立马觉得高大，这道理很简单，因为你的对象是公园里的群众，肥皂箱保证你至少高出别人一头。这就是登临的初级境界。

　　你来北京这么多年，香山肯定爬过的吧。海拔 500 来米，不算高，也不算矮。记得我当初，1987 年，第一次登上主峰，向下一看，哇！人都像麻雀，汽车都像火柴盒，房屋都像积木。突然间，我觉得造物主真伟大，人世的蝇营狗苟很俗气，也很无聊。这就是登临的中级境界。

　　我曾三次攀登珠峰，前两次半途而废，第三次终于艰难登顶。最后 30 米，精疲力竭，几乎是爬上去的。站在珠峰顶上，也就是地球之巅，你问我都想了些什么。实话实说，我似乎什么也没有想，或者说，什么也没有来得及想。我拿出相机，一连照了十几张相，给珠峰，也给同伴，再就是张开双臂，下意识地吼了一嗓子："啊——！"那声音干哑枯涩,自己听了都不好意思。蓝天?哪儿来的蓝天,四下里大雾弥漫,几步外就看不清楚。冷?倒在其次,主要是缺氧,背着氧气瓶,容量终归有限,呼吸急促,心脏咚咚跳,待了七八分钟,便迅速下撤。当时是四个人一起登顶的,事后我问他们三位,感觉也和我差不多。所谓豪情壮志、豪言壮语,多是事前想象,或是事后回味。

"此情可待成追忆,只是当时已惘然。"我想,这就是登临的高级境界。

碑如长剑青天倚

初次听说阳山碑材，是在江宝全兄的客厅，他一连说了两次，神色庄重而又虔诚，龚永泉兄也跟着附和，仿佛我至今还没有见过阳山碑材，完全是一桩低级的遗憾，一件不应有的疏忽，于是，我的心弦铮地一下被拨响了。只是，当场也发生了一点美丽的误会：因为毕竟是初次听说，不知"阳山碑材"四个字怎么写，加上二位略带南京口音，所以一个愣怔，错把"碑材"听成了"别才"。心想：严羽主张"诗有别才"，强调作家的灵感常常得之于书本之外，两位仁兄都是文章高手，他们推荐的阳山别才，莫不是阳山的某位嶔琦磊落之士，《儒林外史》中画没骨花卉的王冕一类的高人？后来——待到因缘聚合，宾主偕游，已是五个月之后——到了阳山才闹明白，所谓碑材，指的是三块庞然而蹲、巍然而耸的巨石。

瞬间的冲击，就是大。碑材按其功能造型，分为碑座、碑身、碑首，峨峨散落在阳山西麓，一眼看去，每一块都似高岩巨崿，崭然突起。你读过《西游记》，记得那块孕育石猴的仙石吗：它高三丈六尺五寸，围圆二丈四尺，庞庞然大物也！但若搬到这儿，和最小的碑首摆到一起，高仅稍许出头，而围圆不足其八分之一！你读过《红楼梦》，应该对女娲氏补天用剩的那块顽石留有印象：它高十二丈，见方二十四丈，巍巍乎高哉，磐磐然巨哉！这几乎是上古人类想象的极限。但比较起眼前，粗仍不及碑座，高亦赶不上碑身，绝对相形见绌！我估了估，如果把三块碑石垒起来，不亚于一幢20层高的魁伟大厦。说到重量，更是令人吃惊：建造埃及金字塔的巨型石块，数千年来一直为世人叹为奇迹，然而，它们平均才重25吨，最大的也不过50吨，阳山碑材呢，说出来吓你一跳，最轻的碑首已在6000吨开外，最重的碑座高达16000多吨！嗨，如此峭拔凝立，硕大无朋，倘若不加说明，谁会想到它们竟是配套成龙的碑材？而一旦明白底细，接踵而来的疑问必然是：当初开山凿碑的工匠，是打算如何把它们运出深山的呢？退一步讲，就算他们有本事把巨石运走，又怎样才能把它们垒在一起，合成一座完整的碑呢？

　　宝全兄没有直接回答，他站在一旁自言自语："了不得，了不得！当初策划出这方案的，一定是大手笔。而采纳、批准这一方案的，也一定是大手笔。"他是独步江宁的企业家，也是笔惊风雨的文人，所以接纳万象，点评大千，总是离不开"方案""手笔"。

　　我赞同他的说法。其实人间一切伟大的工程，从金字塔到狮身人面像，从万里长城到兵马俑，首先在于创意，然后在于实施。当然，具体到阳山碑材，还必须加上一条发现。据导游介绍，南京一带的地貌属沉积岩，其原始状态，就像一摞一摞的云片糕，而后经过地壳长期的摩擦挤压，莫不分崩离析、支离破碎，唯有阳山，因为处于一个盆状向斜的中心点，四周的压力奔涌到这里，彼此颉颃，相互抵消，

203

岩层反而得以保存完好；再加上其他一些得天独厚的因素，才诞生了碑坯这样巨大而完整的石料。那么，又是谁发现这地心秘密的呢？一说是六朝时期的古人，一说是明高祖朱元璋的军师刘基。两种可能都存在，但不论是谁，他们都不是巨碑的创意者，提出在阳山凿石雕碑的，应该是，也只能是明成祖朱棣的朝臣，而拍板实施这一方案的，自然非朱棣本人莫属。

朱棣是谁？他是朱元璋的第四子。朱元璋建都南京，死后，传位于孙子朱允炆。燕王朱棣不服，起兵攻进南京，夺取政权。虽然这只是他们朱家的"内务"，但不管怎么说，朱棣执政，给人的感觉总像是抢来的。为了证明自己皇位的正统性、合法性，他就要"抓纲举旗"，以正视听。朱棣举起的旗帜之一，就是在阳山开采巨幅石材，为父皇朱元璋在孝陵修建撑天柱地的"神功圣德碑"。

朱棣此举，可算是前无古人，后无来者，联想到他同时主持编纂《永乐大典》，派遣郑和通使西洋、走向世界，迁都北京等，作为帝王，他确实具有大魄力大气象。皇帝一声令下，官员火速驱使万名工匠上阵，限时限速，凡完不成日定工作量的，一律砍头。附近现存坟头村，相传就是当年掩埋惨死工匠的地方。伟大和悲惨，常常呈一枚硬币的两面。金字塔和狮身人面像，年湮代远，我们说不清楚，万里长城和兵马俑，哪一项不是血流成河、尸积如山！

然而，一年半之后，工程忽然中途下马，不了了之。三块初具雏形的碑石，就这样欲立犹仆，弃于蒿莱。这是怎么一回事呢？有人说，朱棣夺取帝位后迁都北京，已把建碑孝陵的事忘得一干二净。这种说法不准确，朱棣从做出迁都决议到正式异地办公，其间有个十几年的过程，并非说搬就搬。再说，这么大的动作，哪能说忘就忘呢！依我看，问题还是出在无法运输。碑石开凿不久，朱棣曾派翰林院编修胡广等前往视察，归来写报告，说"仰见碑石，穹然城立"。朱棣是走南闯北的老江湖，他应该懂得这城墙般的大石是什么概念，当初虽然头脑发热，拍板上马，过了一段时日，自然会慢慢冷静、反省，于是传旨停工，低调处理。朱棣之后300多年，随园老人袁枚为此案作了结论。袁枚推断"碑如长剑青天倚，十万骆驼拉不起"，并由此引发感叹："材大由来世莫收，此碑千载空悠悠。"也有人说，朱棣是何等聪明人物，他一开始就洞彻结局，明知不可为而偏偏要上马，只不过是借题发挥，大造声势，表演给天下人看罢了，用现在的流行术语来讲，就是作秀。

此说也有道理，朱棣上台，需要制造轰动，争取眼球，也无妨留些狂歌和悲壮，让后人细细咀嚼寻味，这是他的策略，也是他的特权。

一行人围着碑石爬高就低，评头品足。是日天阴，林寒涧肃，岚气袭衣。谈到如此旷古罕见的大材终于不能物尽其用，埋没荒废，大伙儿不免有些唏嘘抱屈。永泉兄默默徘徊，沉思有顷，忽然，他伸出两指敲敲碑石——奇怪，我的耳神经分明捕捉到金属的脆响——我以为他要发表看法了，赶紧趋前一步，洗耳恭听。永泉兄什么也没有说，却转过身来反问我的"高见"。我么，心里想的是："这样也好。碑嘛，其实已经立起来了。拉到孝陵，是为朱元璋一人守墓。留在这儿，则是为天地山河纪胜。"脱口而出的却是："朱棣撂下不用的，我想把它们运走，你说怎么样？"

这当然是一句灵机突发的笑谈。

是晚，乘 66 次特快返京。躺在软卧车厢，耳边听得一阵阵凌厉的呼啸，我以为那是火车带动的风吼，没怎么放在心上。谁知啸声随着车轮铿铿的节奏，越来越顽强，越高亢。感觉有异，连忙侧过头，掀起窗帘一角，啊，在不远处的地平线上空，三颗流星，三束璀璨的白光，正沿了和列车平行的方向，疾速飞驶。我恍然醒悟，这不是流星，它们就是我白天见过的阳山碑材！

朦朦胧胧中，我听见它们在说——是的，就是它们在说——我们本是大山的一部分，石族中最幸运也是最优良的一脉。奈何生不逢辰，往前没能赶上宇宙剖分、银河奠基，往后又错过了女娲补天、灵猴脱胎。如是亿万斯年，直到朱明王朝，才有幸入了成祖朱棣的法眼。满以为从此脱胎换骨，显赫于世，哪知工程半途而废，喏，就像你上午看到的那样，我们被撒手扔于荒野，既回归不了母体，又得不到任何保护。将近 600 年来，任风吹，任雨淋，任牧童敲打雀鸟讪笑时光剥蚀。其间当然也不乏善解人意，不，善解石意的游客光临，他们大多缘于好奇，止于凭吊，匆匆而来，又匆匆而去，并不能真正深入我们的肺腑，体察我们的苦衷。今天总算碰到你。不是曲意恭维，你是一个特例，不仅充分肯定我们的客观存在——你的见解虽然没有明确说出，但我们通过你的唇语，已完全读懂；而且着眼长远，打算把我们运出深山，带去未知的世界。不瞒你说，你这句话恰恰点破了我们的心思。苍鹰向往风云，浪花向往海洋，自打工匠把我们同母体分离，雕凿成形，我们渴望的，就是怎样走出深山，去为一切大英雄大豪杰立碑勒铭。缈缈尘寰，滔滔流年，游人如织，而知音不可多遇，所以我们哥仨一商量，得，干脆跟你一道上路。

　　仍旧是迷迷糊糊，似梦非梦。我笑了，笑得极为开心，为自己的灵机突发，也为碑材的当机立断。不过，笑过之后隐隐又有点担心：你想，这样一座嶙嶙崿崿的巨碑，我要把它们竖在哪儿，才不致辜负造物的重托？

古籍中的笑

闲来翻检旧书,深感咱炎黄子孙怯于笑、窘于笑、拙于笑。

《西游记》中,神仙永远道貌岸然,皇帝永远不怒而威,唐僧永远一脸阿弥陀佛,孙悟空和猪八戒,倒是人性未泯,可惜一个猴头,一个猪首,纵然心里快乐,面部肌肉也无法绽放出人类特有的笑。

《三国演义》中的曹操倒是敢说敢笑。曹操宴长江横槊赋诗,一笑,再笑,并放开喉咙大唱:"对酒当歌,人生几何;譬如朝露,去日苦多。……"其情其志可圈可点,无奈竟透出悲音。曹操后来兵败赤壁,落荒而逃,途中,也一笑再笑,结果呢,却分别引出赵云、张飞和关羽的伏兵。曹操的笑,在这儿不过是用于缺乏自知之明的反讽。

《水浒传》写笑,大多集中在叙事中的"有诗为证"。例如:"堪笑王伦妄自矜","自古嗔拳输笑面","鸡鸣狗盗君休笑",等等。在笑的家族,这些都是低层次的,属于冷笑、嘲笑、讥笑一类。

《红楼梦》里谁最会笑?王熙凤。黛玉初进荣国府,尚未见到她的身影,耳膜就领受了她旁若无人的脆笑,继而在片刻之间,又目睹她因怜爱而含泪,复转悲而为喜,这都是使权弄术的笑、见风转舵的笑、两面三刀的笑、令人不寒而栗。

一部《中国成语大辞典》，以"笑"开头的成语，总共收了六个。褒义的，为"笑容可掬""笑逐颜开"；嘲讽的，为"笑里藏刀""笑面夜叉"；中性的，为"笑比河清""笑骂从汝"。再翻《辞海》，笑部重点列出两个词：一、笑剧：闹剧的另一译名。二、笑柄：取笑的资料。

唯有《聊斋志异》善于表达笑，请看这篇《画壁》："东壁画散花天女，内一垂髫者，拈花微笑，樱唇欲动，眼波将流。"喊，区区一十二个字，把一个含笑的少女写得活灵活现，婉媚万状。

总有波心一点光

A

安史之乱，洛阳、潼关相继失守，唐玄宗仓皇逃离长安，其宠妃杨玉环死于马嵬驿，恰如白居易《长恨歌》所描绘："六军不发无奈何，宛转蛾眉马前死。花钿委地无人收，翠翘金雀玉搔头。君王掩面救不得，回看血泪相和流。"《旧唐书·杨贵妃传》《资治通鉴·唐纪》《唐国史补》等书，也都记载了这一史实。

老百姓不然，关于杨贵妃的下落，民间有多种版本。其中流传最广的是：杨贵妃没有死于马嵬驿，而是在兵士的护送下南逃，从长江口东渡日本，终老异乡云云。

还有更离奇的说法：杨贵妃没有在东瀛登陆，而是随浩渺波流，漂泊到辽远的北美，成了西半球最早的华侨。

传世美女，不独杨玉环，其他如西施，如貂蝉，如陈圆圆，她们的死因，也都有多种版本。本来嘛，死了死了，一死百了，任何绝代佳人，到此都黄土一抔，盖棺论定。诚如海明威的感喟："一个故事讲到一定程度的时候，你会发现只有死亡是最好的结尾。"但是，总是有人要让她们魂离地府，死而复生，搅得云山雾海，扑朔迷离，余音袅袅，不绝如缕。唯其如是，公众的审美心理才得到抚慰，美人的形象符号才得以长存。

B

杰奎琳经历了肯尼迪之死的长久压抑，决意寻求释放；对于一代名媛，最佳释放莫如再次嫁人。

总统遗孀改嫁，史无前例，这事本身就轰动，嫁谁都引人注目。

偏偏她选择的是希腊船王，又臭又香的世界首富，一石激起千层浪，在美利坚掀起轩然大波。

世人攻击她是自甘堕落，嫁给了空白支票。

平心而论，嫁给空白支票又怎样？谁让她是前总统的夫人，谁让她是世界时尚的领军人物，除了船王奥纳西斯，谁还能满足她一掷万金的购买欲?!

火山要喷发，你总得给她一片烧不烂的天空……

C

贾府上的焦大，也是不爱林妹妹的，这是鲁迅的断言。

有道理，但不是绝对真理。你看：《巴黎圣母院》中的敲钟人卡西莫多和波希米亚姑娘爱斯梅拉达，他俩一个驼背、独眼、瘸腿，还兼耳聋，半人半兽，丑陋不堪，一个妩媚娇艳、爽朗活泼、能歌善舞，光彩照人，差别是要多大有多大，简直是魔鬼对天使，黑夜对白天。然而，卡西莫多还是忘情地爱上了爱斯梅拉达。

敲钟人并非没有自知之明，他对心爱的姑娘说："我从来也没有像现在这样知道自己丑。当我把自己跟您相比时，我就很可怜我自己，可怜我这个既晦气又不幸的怪物！您说说，我在您眼里是不是像头牲口。您，您是阳光，您是雨露，您是小鸟的歌声！而我呢，我是个可怕的东西，非人非兽，是一个比石子更硬、更遭人践踏、更不成形的说不出名字的玩意！"

所以他宁愿躲在暗处，只让自己看到姑娘，不让姑娘看到自己。

所以他在爱斯梅拉达被绞死后，避开众人视线，疯狂地、不顾一切地搂着她的尸体，直到自己也魂追地府，直到双方都化为白骨。

除了雨果，谁还能挖掘出这种深藏的人性，而非兽性？

卡西莫多的爱使地狱战栗！

D

伊丽莎白·巴莱特 15 岁时骑马坠地，摔坏脊椎，从此瘫痪在床，潜心于阅读和写作。

巴莱特绮丽而又哀怨的诗行拨动了年轻的罗伯特·白朗宁的心弦，他因艺术而生爱，因爱而发展为热烈的求婚。这时，意想不到的奇迹出现了——就像白朗宁的情诗歌唱的——"他望了她一眼，她对他回眸一笑，生命突然苏醒。"——也就是说，巴莱特在白朗宁的鼓舞下，生机勃发，顽症不药而愈，很快就能下地行走。

巴莱特喜出望外，这突然而至的巨大幸福，让她晕眩。她以诗回赠白朗宁：

> 舍下我，走吧。可是我觉得，从此
> 我就一直徘徊在你的身影里。
> 在那孤独的生命的边缘，从今再不能
> 掌握自己的心灵，或是坦然地

把这手伸向日光，像从前那样，

而能约束自己不感到你的指尖

碰上我的掌心。劫运让天悬地殊

隔离了我们，却留下你的那颗心，

在我的心房搏动着双重音响。

正像是酒总尝得出原来的葡萄，

我的起居和梦寐里都有你的份。

当我向上帝祈祷，为我自个儿，

他却听到了一个名字，那是你的；

又在我眼里，看见有两个人的眼泪。

爱，终究不能放弃。尽管她比白朗宁大了若干岁，尽管老父坚决阻拦，巴莱特还是义无反顾地选择了和情郎私奔，两人离开英伦三岛，跑到意大利比萨，在那里结婚、生育、继续写作，过上了阳光灿烂的日子。这份美满甘甜的婚姻，不仅使巴莱特走出疾病的阴影，还开拓了她的诗风，奠立了她一代文坛巨匠的地位。"我爱你，以我终生的呼吸、微笑和泪珠——假使是上帝的旨意，那么，我死后还要更加爱你！"这是巴莱特对白朗宁的最终回应，也是此生对来世的庄重承诺。

E

美，在于追捧。月亮要是没有众星，清辉减去大半；海伦要是没有荷马，杨玉环要是没有白居易、洪升，风流早被雨打风吹去。

追捧的目光也有毒，如刺，如箭。

晋朝时有个美男子卫玠，生得风神秀异，一表人才，每每乘着羊拉的车子出游，洛阳的市民倾城而出，夹道观看。尔后时局混乱，洛阳待不住了，他一路东逃，最后落脚在江东建业。可怜卫玠走到哪儿，哪儿就掀起了追星的狂潮。尤其在建业，当地的老百姓听说从中原来了这么个超一流的明星，一传十，十传百，把卫玠下榻的旅馆围得水泄不通。卫玠情不可却，走出旅馆挥手致意，群众见到了心目中的偶像，欢呼的声浪一波高过一波。后来场面失控，你拥我挤，把卫玠紧紧困在核心，动弹不得。就这么一闹，一折腾，居然把卫玠给折腾死了。

成语"看杀卫玠"，就是这么来的。

F

美有多元，珍贵亦是其中一元。

书法家周志高先生向我谈过陆小曼的一幅山水长卷。此画作于1931年春，小曼习绘不久，功夫尚未臻于上乘。但卷末有胡适的题诗。诗曰："画山要看山，画马要看马，闭门造云岚，终算不得画。小曼聪明人，莫走这条路，拼得死工夫，自成真意趣。"胡适之后又有杨铨的题咏："手底忽现桃花源，胸中自有云梦泽；造化游戏成溪山，莫将耳目为桎梏。"杨铨之后，又有贺天键的绝句："东坡论画鄙形似，懒瓒云山写意多，摘得骊龙颔下物，何须粉本拓山阿。"其后还有梁鼎铭的点评，陈蝶野的诠说。画作由此名声大噪，身价倍增。

1931年11月19日，徐志摩从南京携画北上，结果，搭乘的飞机在济南一带触山爆炸，诗人在烈焰中化为冤魂，而这幅手卷，因为有铁箧保护，得以幸存。

如此一来，这画就成了无价之宝。它不仅有各位名家的题跋为之增色，更有徐志摩的一缕幽魂为之镀金。小曼晚年致力于绘画，造诣得到社会各界的肯定，但我敢说，把她所有传世的画作加在一起，也无法与之媲美。

G

三毛从台湾飞来乌鲁木齐，叩响西部歌王王洛宾的家门；两颗饱经沧桑的心，渴求靠拢，渴求释放，渴求共鸣。三毛来了，又走了。她回到海峡对岸的橄榄树下，等待王洛宾的深情召唤。

她等啊等，等啊等，却等来了一封苦涩的信。王洛宾在信里坦承："萧伯纳有一柄破旧的阳伞，早已失去了伞的作用，他出门带着它，只能当作拐杖用。我就像萧伯纳的那柄破旧的阳伞。"

三毛大失所望，她回信责备王洛宾："你好残忍，你让我失去了生活的拐杖。"

三毛和王洛宾最终没能走到一起。一场冷雨，一番凄风，三毛在寂寞的虚空中，永远地离去了，永远。

王洛宾一下子苍老了。午夜，接踵而来的午夜复午夜，王洛宾总是不能成眠，于是，他干脆抱起吉他，在暗夜中一遍又一遍哀伤地弹拨着：

> 你曾在橄榄树下等待再等待，
> 我却在遥远的地方徘徊再徘徊。
> 人生本是一场迷茫的梦，
> 莫将我责怪。

为把遗憾赎回来，

我也去等待，

每当月圆时，

对着那橄榄树独自膜拜。

你永远不再回来。

我永远等待等待等待，

等待你回来……

H

美是法外施仁的魔力。古希腊有一个经典的案例：天生丽质的艺妓芙丽娜，因为替一些画家、雕塑家做裸体模特而被告上法庭，罪名是有伤风化。眼看死刑已定，赦无可赦，在这节骨眼上，辩护律师一把扯去她的外衣，露出冰清玉洁、风姿嫣然的裸体。你猜事情怎么发展？芙丽娜的裸美使所有在场的人士炫目，使法庭的庄严气象瓦解，使窗外的阳光敛羽。于是，法官宣布她无罪。

中国也有一个类似的案例，简直是芙丽娜的翻版。说的是，明太祖朱元璋的驸马召妓，皇上龙颜大怒，派人把涉案的四个妓女抓来，意欲判死。大庭之上，妓女们遵照高人的指点，迅速脱光衣服，以上天赐予的最原始也最本真的香肌玉骨示人。朱元璋一见，夺目荡志，不能自持。他说："这些个小妮子，我见了都神魂出窍，难怪驸马要被她们迷惑。"大手一挥，统统释放。

J

玛丽小姐应邀出席某教授的晚餐，当她步入客厅，发现已有一位陌生的男子先她而至,他就是皮埃尔·居里。刹那,玛丽直觉对方伫立在窗口的英姿,宛若一尊高大而俊美的天神,而她恨不得整个儿变成一架相机,好把眼前的景象永远珍摄。

少年维特出席一个乡村派对,在那儿结识少女绿蒂。当他挽起绿蒂的手,旋入舞池——他事后写信告诉朋友:"臂弯里挽了个可爱的妙人儿,像闪电一般来回飞舞,周围一切统统消失了,而且——威廉呀,不瞒你说,我心中起誓,这是我心爱的姑娘,我要她除了我永远不和别人跳舞,哪怕我因此而不得不沦入地狱!"

阿尔芒在时装商店门口碰见一位陌生的白衣女郎,他一下子就愣住了。从女郎走进商店,再到出来,他始终僵立原地,呆若木鸡。他本来可以跟着进去看看的,但是他不敢。他害怕什么?说不清。女郎身上似乎有一种光芒,让他失去了思想,失去了意志。

直待白衣女郎登车远去,他才鼓起勇气,向店员打听她的芳名。

——爱从眼眸进入。毋庸置疑,这就是老生常谈,而又历久弥新的"一见钟情"。

K

这是罗曼·罗兰《约翰·克利斯朵夫》中的一个镜头:两列逆向行驶的火车在一个小站相遇,男女主人公的车厢几乎是面对着面,但他们沉默着,谁也没有说话。此时此刻,即便开口,除了嘘寒问暖,又能说些什么呢?他们将脸紧贴在车窗,互相凝视,直探对方的心灵,那是身旁的旅伴无从识破的。温情脉脉的絮语、亲吻、热烈的拥抱、海誓山盟,千叮万嘱,一切都是过眼烟云,唯有在茫茫人海里两颗灵魂的相触并且相契,才是永恒。

一个激灵,又一个激灵,这镜头从此就在我脑海里生了根。回首既往,谁的生命旅途中没有类似的邂逅?"身无彩凤双飞翼,心有灵犀一点通。"结果么?嗯,结果,也许华枝春满,也许天心月缺。所以世上多少温馨的回忆,总不免掺有淡淡的忧郁。

L

但丁在少年的渡口遇见美女贝亚德,一见倾心,为她写下了许多动人的诗篇。可惜这番爱恋没有结果,贝亚德后来嫁给了一位银行家,不久因病去世。

也不能说没有结果。贝亚德之死激起但丁更加痴迷的热恋,他将这份情感提炼、升华,化作伟大而不朽的《神曲》。贝亚德在《神曲》中涅槃再生,并且成为但丁游历天国的向导。

爱的涟漪扩展为无尽的韵律——潋潋滟滟、粼粼泱泱、微风亲吻浪花、波浪拥抱波浪、梦之漩涡、夜莺的啼鸣——啊,总有波心一点光,让当事人心旌摇曳,神思飞荡。

马克思先生在垂钓

村口往东南,是一条暗灰的沙砾路。路的右侧,呈斜面坐落三幢农舍。第一幢,树篱紧贴道边,蓝砖蓝瓦,色调爽朗而澄静。楼作两层,屋顶向上攒聚成复瓣,若从高空俯视,俨然一朵含苞欲放的蓝玫瑰。透过树篱的缝隙,瞥见院里有柔碧的草坪,有娇媚的盆花,有帆布躺椅,还有一只系着铁链的狗,隔着篱笆向窥视者发出猖狺的短吠。闻声,主人从躺椅抬起头,冲我送来一抹抱歉的微笑。那一刻,我瞅见他左手捧着一册书,右手擎着一朵花,书已半展,想必耽读有时,花犹带露,显系摘下不久。此情此状,若醍醐灌顶、甘露洒心,顿时想起近年的一句流行词:"人,诗意地栖居在大地之上。"

这词是从荷尔德林的诗中摘出来的,荷诗原题《在柔媚的湛蓝中》,国内至少有三种汉译,我曾比较的,也就这一句,分别是:一、"功德圆满,而人却诗意地,栖居在大地之上";二、"充满劳绩,但人诗意地,栖居在这片大地上";三、"劬劳功烈,然而诗意地,人栖居在大地上"。瞧,三种译介,关于主体部分的表述——人,诗意地栖居在大地上——惊人一致,差别仅仅体现在缀前四字的推敲,是译者的偶然巧合?不,只能说是英雄所见略同,心有灵犀一点通。

第二幢,略为偏后,黄墙红瓦,楼依然作两层,带阁,造型有点像反置的"L"。也有篱笆,不,栅栏,木质,高逾一丈。这是对生存空间的保护,是个人尊严、生命尊严的外化。栅栏爬满南瓜藤,随处悬垂着乍金犹黄的果实。无疑,这瓜是没人偷的,或不怕偷的。院内无人,凉亭支着一副画架,画布上是一幅未完成品,油彩斑斓,似火树银花,又似落英缤纷。猜想主人是一位艺术家,至少是位乡村艺术家,昨夜与朋友高歌狂饮,纵论创造与美学,今朝霞染轩窗,犹自梦迷黄粱。多想他这时——恰恰是这时——"吱呀"一声推门出来,于是主客双方同时用异质的语言招呼"早上好"。哦,在这样的时空,这样的萍水相逢,套用康德的话,连"早上好"一词,也会升华为某种形而上的命题。

才要迈步,身后"咕咚"一响,回头,一颗又大又圆的南瓜自栅栏的高处坠落,砸在草坡上,然后,通灵一般,直滚到我的脚边。啊,是感激我目光的抚爱吗?是唤醒我乡居的甘美吗?还是代表宿醒未解的主人殷勤送行?

我把它捧起,掂了掂,好重的分量——果实成熟,是该向大地谢恩的时候了。在朝阳一面的瓜棱,留有一处叶形的光斑,不,是太阳的热吻;我也学阳光之多情,搂着它亲了又亲,火辣辣地。末了,仍把它搬回栅栏,搁在一蓬雏菊旁,等待它主人大呼大叫的发现。

第三幢,又稍稍错后,平房,粉墙青瓦,没有篱笆,也没有栅栏,仅有一丛芭蕉掩映,蕉分窗而荫绿,花覆圃而流丹,撇去屋顶双天窗、双排气孔的造型,就情调而言,宛然故国江南的遗梦。宅之右角有一树老榆,粗可十围,铁干铜枝,碧叶虬结,繁荫匝地。榆下有一亩方塘,水清见底,水面嬉戏着三四只野鸭。屋主或许是华侨,我想。也不排除是受过东方文化洗礼的德国人,我又想。法兰克福的歌德故居,二楼主厅,不就名为"北京",厅中陈列着中式的家具、壁挂、风琴?焉知眼前这扇饰以铜环的红漆大门启处,不会走出一位当代西方的陶渊明?

路的左侧为原野,一马平川,一望无际,乍一看,和故国没有什么两样。区别,或者说差异,当然有,主要体现在色彩丰富,层次分明。比方说,同样是麦子、向日葵、葡萄、蔬菜、花卉、牧草,这里一畦一畦,穿插生长,所以一眼望去,从金黄到翠绿,从姹紫嫣红到鲜青嫩碧,纵横有序,赏心悦目。最让我感动的,是刈后的牧草,不是东一堆西一堆地随便乱码,而是用机器捆扎成一个又一个的圆柱体,排兵布阵般撒放在大野,如此一来,那失魂丧魄的枯草,仿佛又集体还阳,焕发出雄赳赳气昂昂的神威。

视野的尽头,为绿树遮掩的地平线,居中,电视塔一般,耸起一座教堂的钟楼。荷尔德林的诗是怎么说的?"在柔媚的湛蓝中/教堂钟楼盛开金属尖顶/燕语低迴,蔚蓝萦怀。"由于距离过远,燕儿飞翔我无法看清,遑论呢喃,炫目只有蔚蓝、蔚蓝、蔚蓝,纤尘不染的蔚蓝,一碧如洗的蔚蓝,吸一口气令人清爽百倍精神百倍的蔚蓝;蔚蓝的晴空映天使笑靥如花,笑语如铃,是轻盈可在针尖上蹁跹的那一族。

沿村道继续前行,右侧,百步外,出现了第四幢农舍,它完全隐蔽在一片蓊郁的橡树林中,刚才没有发现。客观地讲,不是农舍,只是一座休闲的小木屋。瞬间,电光石火一闪,另一座小木屋——海德格尔的小木屋——飞速掠过脑际,当然它不在这里,在白云之乡也是绿树之乡的托特瑙堡山。荷尔德林的诗名生前并不显赫,是海德格尔发掘并阐释了他,海氏把他从遗忘和泯灭的墓地拽出,置于聚光灯下,尊崇为"诗人的诗人"、精神家园的守护神。海氏自己身体力行,在托特瑙堡山构建了一座小木屋以躲避下界的干扰。"隔浮埃于地络,披浩气于天罗"。海氏是20世纪的哲人,他从"技术"的飞扬跋扈中感悟到人类被连根拔起,形若飘蓬的沦丧。他说:"如果有一天,技术和经济开发征服了地球上最后一个角落;如果任何一个事件在任何时间内都会迅疾为世人所知;如果人们能够同时'体验'一个君主在法国被刺杀和东京交响音乐会的情景;如果作为历史的时间已经从所有民族的文明进步那里消失,如果时间仅仅意味着速度、瞬间和同时性;如果成千上万人的群众集会成为一种盛典,那么,在所有这些喧嚣之上,问题依旧会像鬼魅一般如影随形地纠缠着我们:为了什么?走向哪里?还要干什么?"

同样的质疑,海德格尔还有另外一番表述,他说:"技术之本质只是缓慢地进入白昼。这个白昼就是变成了单纯技术的白昼的世界黑夜,这个白昼是最短的白昼,一个唯一的无尽头的冬天就用这个白昼来进行威胁。"换句话说,"技术的白昼是世界的黑夜"。海氏的这番论断,思考、形成于70年前,如果改在今天,面对沸反盈天、沧海倒灌的物欲,和愈益荒漠化、樊笼化的心田,必定有更加精辟,也更加振聋发聩的提炼。简而言之,技术犹如八爪章鱼一般牢牢纠缠、控制着现代人,生命亦已千枷万锁、千疮百孔,大自然亦已不自然。

构建一座丛林中的小木屋,哪怕是精神上的,是诗化生活的前提。

诗化端赖于思化,不为形役,不为物役。

告别小木屋,绕过那片橡树林,前方突现一带林海,长逾数公里,深不可测,如一幅黑幕,横亘在天际。是所谓德意志的"黑森林"吧。至少,也是它的族裔。更愕然的,是林海的背后,层叠攒矗着一列山峦。喔,先前是被视觉欺骗了,以为这儿一马平川,谁知拐过一个弯,劈面就见磊磊与峨峨。按其方位,我断定,它就是神话般的阿尔卑斯山。泰山我曾数临绝顶,根据计划,年内还要约好友在上面盘桓三日,图的是什么?是一种磅礴的精神大气,一种登高凌绝的思维。阿尔卑斯山的最高峰(勃朗峰)也在必须"亲历"之列,不过,此番是不行了,且留待将来。嗯,此时此刻,在异域他乡,在淡金的霞光和略带土腥味的晨风中眺望向往已久的圣山,一切既往时代的五彩梦幻如山岚袅袅升腾,那感触,实在妙不可言。

我冲着黑森林走去。夹道长满了向日葵,是十分迷你的一种,高不及半腰,花盘的直径不过一只手掌。这不会是梵高眼中的向日葵,缺乏野性的肆无忌惮的燃烧。噢,梵高!噢,燃烧!在燃烧的恍惚中我看到脚下的泥土赫然转赤,那不是胸中的火光映照,是自然的红壤!红壤主要分布在热带、亚热带,此处只得惊鸿一瞥。未几,左侧逸出一条小径,通往分不清是橄榄还是板栗的果园,路面覆满芳草,绿意盈睫,和适才的红土恰成鲜明的对照。也许,贝多芬晚年就是在这样的小径徜徉,与蜂蝶比肩,与草木絮语,与日月星辰、霜雪雨露交流,才逐步走向深邃，走向生命的根源。我朝小径的幽奥望去，寂寂的，没有一个人影。记得我一路走来，除了第一幢农舍的屋主，再也没有见过第二个人。奇怪，人都到哪儿去了？——嗯，只能说，人都待在他应该待的地方。

还是林莽对我更有吸引力，由岔道继续向前，翻过一道高坡，越过一条小溪，又信步徐行了两百米，就到了黑森林的边缘。我不会幻想森林之神与众仙女列队迎接，我不是布格罗，不是海涅，不是黑塞，不是格林兄弟。但黑森林也没有使我失望，在一株蔼然可亲的老橡树下，它为我提供了休憩的桌凳。桌和凳都是原木打造，总共三排，前边竖着一杆粗木，雕饰得奇形怪状，以为是什么图腾，细察，原来是化了装的水龙头，朴拙、敦厚、原始。美，就在其间闪烁。既人性，又不失艺术的旨趣。让我失笑的，是桌面也一如敝国，随处有人涂鸦，例皆洋文，横七竖八，歪斜别扭。我懒得辨认，我希望有一行或有一字是中文——没有，除非我自己动手。真的，假如让我留言，刻句什么好呢？未假思索，脑库自动弹出"好风如水"。这是苏东坡的妙词，语见《永遇乐》"明月如霜，好风如水，清景无限"。我很喜欢它的意境，北京家里书房的墙壁上，挂的就是这四字的条幅，是季羡林季老的手笔。正天马行空，悠然想象，后方驶来一辆房车——哇！这是我今晨碰到的第一辆车。心想车主也许会停下来，与我共进早餐，当然啦，我什么干粮也没有带，只能是请我与他们共进早餐。"对不起，今天不行的啦，我们还要赶很远的路。"——饱含歉疚，司机鸣响一串喇叭，算是作为失礼的回答；他的一双金发碧瞳、稚气未脱的小儿女，贴着半敞的车窗，嘻嘻地向我挥手致意。

也罢，这份清景干脆由我一人独享，不亦快哉！我挑了靠橡树的一张长凳坐下，闭上眼，放松四肢，一任霞光亲吻我的面颊，林风荡涤我的肺腑。静静地——静，你猜我感觉到了什么？我感觉自己也成了一粒橡实，正在阳光下破土发芽，舒叶展枝……旋即想起——怎么又想——尘虑未尽，无法不想，唉——旋即想起《金蔷薇》一书作者的告诫，他说："只有我们把自然界当作人一样看时，只有我们的精神状态、我们的爱、我们的喜怒哀乐与自然界完全一致时，只有我们所受的那双眸中的亮光与早晨清新的空气成为浑然一体，我们对往事的沉思与森林有节奏的喧哗成为浑然一体、难以区别时，自然界才会以全部力量作用于我们。"如此清新明白的道理，让别人先讲了，轮到我辈，只能鹦鹉学舌，老调重弹，这真是后来者的悲哀。

老调重弹而仍切中时弊，一针见血，这更是当代人的悲哀。

德意志的意志以黑森林为背景，黑森林以阿尔卑斯山为背景。从黑森林和阿尔卑斯山的怀抱走出黑格尔、康德、海涅、歌德、尼采、贝多芬、舒伯特、马克思、爱因斯坦……这些亮如星辰的大师；也走出俾斯麦、希特勒……这般穷兵黩武的虎狼。德意志崇尚理性，办事严密周到，一丝不苟；德意志同时也崇拜铁血，动不动就剑指河山，睥睨世界。冷峻和狂热互动，理性与感性并存。这个独一无二的民族，倒是值得好好研究。我有一个熟人的孩子在慕尼黑留学，我曾拿了这个问题向他讨教。他答说："德意志的理性精神催生出强盛的国力，强盛的国力繁殖出傲慢自大，傲慢自大发展到极端，便导致失去理智的疯狂……"真是这样的"物极必反"吗？不，那就太简单，也太绝对了。我认为，德意志的"物极"欠缺一种包容万物的"厚德"，这才走向反面，导致不可收拾的灾难（如今已开始反省了）。吾国的古训说得好，唯"厚德"能"载物"嘛。

森林离周围的村落其实很近，看上去，却仿佛是原始林，黑、莽、乱、怪，密密匝匝，郁郁森森。这是植物的世界，也是生物、动物，以及阳光、雨露、空气和风的世界，真正的天人合一，万类苍天竞自由。我无壮怀激烈，也学岳武穆仰天长啸，身后惊起一群飞鸟，扑棱着翅膀在林梢盘旋，发现我并无恶意，须臾复归原枝。我注意到，这期间，没有一只鸟儿飞离林区，飞离它们世代相传的伊甸园。

头顶传来怪模怪样的鸟啼，仰面搜寻，哈，原来是一只顽皮的小松鼠。它后爪抱着树枝，前爪立起，一条毛茸茸的大尾巴，在空中摇来晃去，似乎在向我问候。啊，我有多长时间没有亲近小松鼠了？感觉上，至少有几个世纪。瞧，它的胸毛很白很白，不搀一星杂色，脊背呈灰褐，和树枝近似，而憨痴的样子像兔，而神气的胡须像猫。一双溜圆的大眼，骨碌碌地盯定我，盯得我浑身不自在，后悔身边没有带任何食物，哪怕一粒糖果也好。小家伙看出了我的窘迫，它纵身落在我面前的餐桌上，变魔术一般，前爪捧出一粒松果——我明白了，在松鼠的意识中，我俩是同类，而且，在这一带林区，它是当然的主人——"谢谢！"我用右手的食指和中指轻叩桌面，表示领情。这好客的小松鼠让我好生享受——关于沟通、和谐、平等与关爱。松鼠显然听懂了我的感谢，它留下礼物，嗖的一声又蹿上树梢。

"再见！再见！"我冲着它的背影，说，"我会永远记得你，我要把这粒松果带回东方。"

半空飘下一片橡叶，款款落在桌角，叶柄的断面还很新鲜，似是刚刚离枝。我顺手把它捡起，从它的脉络遥感莱茵河、大西洋、印度洋以及太平洋，从它的浓翠联想太阳、月亮和星星，从它的轻盈体态感悟虫吟、鸟鸣与风语。正把玩间，手机响了，屏幕显示一则短信："老魏拟去蒙特卡罗一游，你去不去？""不！"我断然决定。蒙特卡罗并非不值一游，只是这消息来得不是时候——它破坏了我此刻无欲无垢、无牵无挂的心境。饱含轻蔑，我狠狠关掉手机，想，人生最大的赌局，不在拉斯维加斯，不在蒙特卡罗，而在整天价为蜗名蝇利浪抛生命，那寸金难买寸光阴的生命，稍纵即逝、一去永不复返的生命。

有一股力量催促我扭过头，我能感觉出，是背后的黑森林。"您是有话要和我说吗？"我从长凳站起，拨开身前繁茂的灌木，向林丛探出三五步。啊，谁说草木无言，那如沸如鼓、万籁交鸣的林涛——不正是它自由而神秘的抒发。我侧耳谛听，说来你也许不信，在盈耳的复调中，有一束柔婉的清音破空而至："欢迎！欢迎你还乡！"嗨！我的老家没有森林，平生也没有接触过真正的原始林，这种"还乡"的说法从何而起？难道我的前身，真的是一株橡树？适才"破土发芽，舒叶展枝"的幻觉，不过是既往经历的再现？也许在造物主的设计里，我们每个人都是一株树，区别仅仅在于松柏、榆杨或桃李？（难怪从《诗经》起，我们总喜欢拿树木比喻人）橡树可是德国的国树啊，从前马克硬币上就印有它的青枝绿叶。我的祖辈与德国毫无干联，怎么会……嘿，想哪儿去了？上帝的事情还是交还给上帝，我们只管自己，管"人"这一辈的事。人是上帝园中的树也好，是思想家眼底的芦苇也罢，反正是植物，是植物就必须扎根大地，与大地同呼共吸，与自然息息相关。如果我们把蓝天、白云、绿地、碧波从生活中抹去，如果我们把诗意的劳作、栖居、思想及性灵从生命中放逐，那么，我们就势必不幸如荷尔德林所言："还乡者到达后，却尚未抵达故乡。"

故乡在我心上。故乡在诗意的旅途。老夫聊作少年狂，我退出林莽，拔脚沿它的边缘一溜小跑，放怀舒啸，尽情呼吸。前方，冷不丁出现一根倒木。怎么没人把它搬开？我想。是冷杉吧？我又想。我对冷杉并无知识，全凭瞬间的直觉。它横陈路边，叶片与球果早已脱光，只剩下覆满苔藓的躯干。喔，老人家亦已完成生长的使命，该是在月夜里为精为怪为魑为魅了。难为的是，它鞠躬尽瘁，死而不已，自腐朽的根部又抽发一茎新绿，亭亭玉立，神气活现。这便是宇宙的大法：新陈代谢，是自然界之所以生生不已，万古常新。

未远，路边又碰到一尊铜雕：一位赤膊挽弓的汉子，手搭凉篷，向前方眺望。在欧洲大地游逛，随处可见各式雕像，纪念那些在历史或传说中留下影响的人物。以青铜和大理石的凝重与不朽，提升生命的境界。审视这尊铜雕的基座，早先刻下的文字漫漶不可辨认。是森林之神的化身吧？在画家布格罗的笔下，裸体的仙女就是围着这样一位壮汉舞蹈。抑或是谁家的先祖？听说，日耳曼民族从森林里走出来，整个历史才不过一千多年。想当初，他们决定搬出丛林之际，必定也像这般手搭凉篷朝前方凝望——彼时彼刻，他不仅在用自己的眼睛，而且在用他整个民族整个先祖的眼睛——我顺着雕像的视线骋目,前方是阡陌纵横、了无遮拦的平畴,每一粒土壤都在释放生长的磁力,每一条溪流都在流淌生命的欢乐,而含笑俯视这一切的,是夏日清晨八点钟的太阳。

终于来到森林的尽头,那里值山溪汇潴的一泓清池。池对岸的柳荫下,蹲着一位垂钓的老人。好雅兴!也只有在这隅宁静如太初的乡野,在这湾清澈而诱人的水域,才有这等诗化的守望。啊,我多想停下来,陪这位钓者,静静地消磨一个上午,让泠泠的池水为我濯缨,为我洗尘……然而,唉!我得回去了,昨晚已答应朋友——也是我的临时房东——午前去邻村看赛马,具体说,是看这位朋友赛马,他是马术运动健将,我理当捧场。正当我不无遗憾地准备掉头,老者完成了一次漂亮的狩猎,他把鱼从钓钩取下,放进水桶,然后,摘下浅蓝色的遮阳帽,和我打了一声响亮的招呼。四目相对的刹那,我蓦地愣住,觉着这位蓄着一副兜腮连鬓英雄胡须的老者十分面善,似乎在哪儿见过?在哪儿?他是谁?——"我们从未走向思,思走向我们。"脑子一嗡,海德格尔的高论无端在耳畔响起——喂,海德格尔先生,请你不要打岔,我在思,在思,不,我在想,在想……哪,哪,想起来了!想起来了!这位独钓一泓清波的老先生,怎么看都有点儿像马克思。

烛影摇红

忘了来自何方，也不确切要到何方去，一任流线型的小轿车，流入小城温柔的暖夜，喇叭无声，街景无痕，尘嚣无影，霓虹灯诡谲地抛着媚眼，橱窗恍惚着一幕又一幕的浮世绘，街树飒爽而多姿，行人安详且稀疏，俄见俊男三五成行，驾驶摩托车呼啸而过，又有美女步出画堂，乍惊鬟影，已闻衣香……

小城的怀抱倒映着一弯湖，湖边吆喝着一遛大排档，大排档的臂弯，拢着一个戏摊，幕天席地，一所老屋，就充当了全部背景，数张条凳，分割出势力范围，演员便在这褊狭的空间显身手，唱、做、念，古风古韵，亦拙亦雅，令人不知今夕是何夕，不知此乡是何乡。苏东坡至此，岂不要望月吟啸？我瞅着空隙，仄了身往前挤了挤，陪同的张美丽女士摆手招呼，说，别急，前边有更好的戏场。于是抽身而出，沿了石鲁画风般的曲折湖岸，信步漫游。

走出一处闲置的台榭，穿过一条带护栏的通道，幽昧的，浸透甘蔗甜味的月色里，消融了，销魂了一对又一对的情侣。约莫走出五六十米，又步入一派清亮的弦歌。站定了看，此间的前身，应是一片不识天高地厚的小树林。如今借了树势，一幅帷幕，拉出了一方临时舞台,十来排石凳,辟出了一圈专用戏场。走近观众席,未容落座,剧团的老板便殷勤相迎,一直引到前排。前排是贵宾席,有座椅供舒适,有茶水添滋味。坐近了,才看得分明,帷幕中间,大书着他人馈赠的一副条幅:"此曲只应天上有,人间能得几回闻?"挺自炫的了,颇有擂台英雄的气概。细看台上的两名演员,都是妙龄女子,扮的,则是须生。乐器极其简朴,统共四件,为洞箫,为琵琶,为二弦,为三弦。台侧有幻灯投射的字幕,标明剧情为《到只处》,诉的是梁山好汉卢俊义充军路上的一段悲怀。听下去,果然是天上的曲调,音节音色音韵倒是戛玉敲金,宛如有次梦见乘飞船遨游太空时猝遇的仙乐,内容呢,尽管有字幕提示,却是一个字也听不懂。问戏主郑先生,说是南音,很古老很古老的剧种,只在闽南一带流传。东南亚游客最为欣赏。敢情,那边很多人的祖先都是从这一带走出的,拔茅连茹,扃启堂开,血液中骨髓里皮层下,怕有远祖的遗传因子在应弦而歌。

  茶过三巡,剧目也换过两种,遂挥别郑先生,继续前行。不远处,浑圆着一道单孔的石桥,听说是有年代的了,曾经名头很响,桥的右端挽着湖,左端系着一条河,河道弯弯,当年可绕城一周,供人纵览鲤城泉州的胜景。偶尔想到"长沟流月去无声"的宋词,在俯仰星月的瞬间。桥的前方,冷清着一片服装市场,满架密密层层的披挂,和京城街头的格局没什么两样,服饰版型可是小多了,价格也十分公道。再往前走,便到了湖的另一侧,转眼又见长街,大树旁,路灯下,一个卖杂货的小摊,有很深沉、灼热的歌声从录放机中飞出。似乎耳熟,仔细听,是借李商隐的《无题》谱写的丽曲:

相见时难别亦难,东风无力百花残;
春蚕到死丝方尽,蜡炬成灰泪始干。
……

无端地想到青春时代,想到花前月下的良宵,纯情的发酵的鼓翼的良宵,生命的良宵,恋恋地,脚步竟似被韵律胶住。

今晚说好了出来听歌的,张女士又带我们进入了马路对面的一家歌厅。极高档极精雅的所在,霓虹飞翠,烛影摇红,妆点出一派亦古典亦现代的朦胧氤氲。观众却少得可怜,就六七个吧,集中在左面一侧。我们随便拣了中间一处坐下。先是四位少女很热艳地舞了一阵,接着是一位飞花粲齿的女歌手独咏,她吐的大概也是闽南语,自然仍是一个字音也分辨不出,曲调却是通俗流行的,有一支是《美酒加咖啡》,有一支是《阿里山的姑娘》。并且闹明白了先来的那帮人是台湾游客,这歌,是抚慰他们羁旅落寞的一捧相思豆,唤醒他们愉悦乡情的一束杜鹃花。

侍者端来了果盘,因此及彼,突然想到刚才在楼下水果摊见到的榴莲,一时兴致大发,即席发挥,讲,榴莲号称果中之王,奇香,却也奇臭,这就是造物的美学,天赋天才天分天资都是要付出天价的,这也就是天命。张女士拊掌大笑,说,想不到今晚遇到了知音,你既识得榴莲,肯定也是爱吃的吧。要说爱吃榴莲,这城里没有超过我的。有次去北京,北方的餐饮不对脾胃,便到商场高价买了一只,拿它当了两顿饭。方才你在水果摊看到的那几只,我也注意了,长得不好,所以没问。既然你听不惯闽南歌,不如这就出去。我知道哪里有好的卖,我带你去挑。

众人中有没尝过味的,也都被勾得跃跃欲试。于是欢欣下楼,钻回泊在湖边的轿车。月下追韩信,那是萧何。而我们,则自编自导了一出小城月下觅榴莲。

南方的晚秋,夜已深沉,而市声犹沸,而灯火犹红。在一家水果店的间壁,意外地见到一家尚未关门的书铺,红木桌前,有白髯的长者,正俯向一幅宣纸,悬肘运腕,笔走龙蛇。刹那间,我仿佛觉得老人就是李贽,啊不,是我希望老人就是李贽。李贽是四百年前的傲骨、四百年后的芗泽,流风所及,熏刮得他的这座故乡小城如今更为日秀月媚,引人遐思。

走出老远了,仍忍不住探出车窗回望。我想改日再来不是改日,日里人多眼杂,说话不方便,是改晚我想来找老人,找我心目中英伟卓荦、戛戛千秋的李贽,商量买他那部秘不示人的《藏书》。

八　哥

老友华公敬堂移居澳洲，临行之前，散赠家具杂物以及花鸟虫鱼之属，轮到我名下，是一只出生未久的八哥，外加一只古色斑斓的竹笼。华公牵着我的手，郑重其事地交代："别看它小，精灵着哩。好好训练，只怕比你还有语言天赋。"

咱家挨着公园，早晚在园内溜达，见惯了提笼架鸟、悠哉游哉的角色，没承想，如今我也步入他们的行列。

正是阳春三月，头天携八哥进园，沿水岸、山麓、林莽兜了一圈，一路指指点点，告诉新客这就是它未来的活动天地；瞧它扇动嫩翅，在笼内跳上跳下，油然而感"雀跃"一词的生动传神。

回程经过一处柳林，那是鸟笼扎堆的所在，我也选了一弯临水的青枝，挂上。窃想鸟性亦如人性，喜欢"同声相应，同气相求"。果然，八哥听得同类的唧啾呢喃，旋即伸长脖颈，快活地大叫几声，恍若自报家门，或曰亮相。叫声惊动在阴凉玩牌的老少爷们，不用说，他们是各式笼羽的主人，遛鸟一族的常委。抬头不见低头见，名儿叫不出，面孔是极熟的。才待上前招呼，内中一位老者主动走了过来。老者着黑衫、白裤、布鞋，头皮剃得净光，敞胸露怀，一步三摇。"你是新来的吧?"老者问。他托起鸟笼，左右一番打量，说："鸟笼不错。""嗯。"我答，心里甜丝丝的。"是只雏儿。"他说。"刚满月。"我答，等待老者进一步褒奖。"只是，"老者说，"你不能挂在这儿。""什么意思?"我一愣，心想，这公园是你家的？你们挂得，我就挂不得?!"你这是八哥，"老者解释，"没看到我们养的，都是鹦鹉、鹩哥，比你这高一个等级。八哥只会乱叫，不会说话，挂在一起，它会把别的鸟带坏。"

啊，噢。初次遛鸟，就吃了一堑，明白了鸟的世界亦如人，存在着三六九等，差别待遇。鹦鹉天性聪慧，善于娓娓学舌，这我知道，长相也出众，翠羽丹嘴，神气活现。至于鹩哥，今天还是头次听说，赶紧上网搜索，真是不搜不晓得，一搜吓一跳：鹩哥相貌倒也平常，和八哥肩上肩下，通体乌黑，只多颈上那两片黄色肉垂，但它千伶百俐，巧舌如簧，学人说话，比鹦鹉还要地道。

相比之下，八哥就远为逊色。它是"大舌头"，说话瓮声瓮气。若要矫正，必须进行外科手术，把舌头剪小修圆。唉，这事太残忍，我下不了手。那么，还有一种法子，俗称"捻舌"：在八哥的舌尖涂上香灰，用手慢慢轻捻，直到脱去一层硬壳；半月后，再捻一次，如此这般，鸟舌头便能婉转自如，曲尽其妙。这法子可试，随即照葫芦画瓢，照方抓药。

大功如期告毕，进入实验教学的阶段。考虑再三，决定从"你好!"启蒙。"你好!"这是与人交道的问候语，简单易学，且男女通用，老少咸宜。"你——好——!""你——好——!"从此，每天早晚，包括读写间隙，我总要走上阳台，一边喂食，一边循循善诱，不厌其烦，不辞劳苦。

一个礼拜过去，人类社会的一个礼拜，应该相当于鸟类世界的一个季节吧。八哥似乎把"你好！"当成了喂食的信号，听得我开口，即刻点头哈腰，憨态可掬。怪，旧社会才作兴点头哈腰，八哥生在新社会，长在红旗下，跟谁学的这一套，难道是与生俱来、无师自通？又一个礼拜过去，八哥除点头哈腰、逗人欢喜之外，又多了项昂首高歌，不知唱的是什么，有点类似吹口哨。我不稀罕它的口哨，这是许多鸟儿都会的，算不上本事，我要的是它学人话。而且要求不高，就两个字："你好！"八哥仿佛还没有脱离蒙昧状态，对我的苦口婆心，压根儿不予理会。我说："你好！"它点点头。我重复一遍，它要么抬头注目，等待我下一个动作，要么低头啄食，装聋作哑。请教公园里的老行尊，人说且得耐心，尤其要把握好喂食这一环节，拿食品作诱饵，讲一句，喂一点，不讲，不喂。你没看马戏团调教狗熊、猴子，都是这么个做法。话是这么说，可一到我手里，照样失灵。每当我把鸟食悬在半空，"引而不发"，八哥就仰头哀哀地叫，叫得我不忍心，只好搁下鸟食，随它去吧。

"你这法子不行。"夫人见我窝囊，多日教不出八哥一句话，慨然伸手帮忙。她找出我学英文用的复读机，录下"你好！""你太伟大！""你真漂亮！"之类人语初阶，然后搁在鸟笼旁边，揿动按钮，颠来倒去、周而复始地播放。天，这哪儿是因材施教？简直是恶性轰炸！

几天轰炸下来，八哥依然故我，毫无长进。先是儿媳烦了，嫌它邋遢，搁在阳台，见天屎啊尿的，日晒风吹，味道实在不雅。接着儿子腻歪了，嫌它天未亮就叽叽喳喳乱叫，吵人清梦。夫人立场也开始动摇。一天晚上，她清扫完笼底，给鸟笼套上布罩之后，悄悄跟我商量，夫人说："人家养八哥，图的就是它学说人话，逗个乐。这小家伙一声不吭，实在无趣，咱莫如把它送人。"

我叹了口气，说："再过几天看看。"

次日黎明，五点左右，人依稀在梦乡浮游，梦见向公冶长大师请教鸟语，蓦地听得阳台角落有人招呼："你好！"

悚然以惊，睁眼细瞧，夫人犹在酣然入睡。儿子、媳妇的房门也闭着，想必尚未起床。我这是高层住宅，16楼，楼外不可能有人。莫非是恍惚一梦？莫非……

少顷，阳台角落又传来一句："你好！"声音低沉而亲切。啊，是鸟笼方位！是八哥！！

骨碌起床，径奔阳台。八哥隔着布罩，感受到我的欢欣，一俟见到天光，立马邀功似的、炫耀似的，昂首吹起口哨："嘀嘀嘀嘀—咪嘀咪当、当当——当当嘀嘀当——"咦，曲调竟然如此熟悉，仿佛在哪儿听过，等等，听，再听，天哪！是《北国之春》！

夫人惊醒，儿子、媳妇也被闹醒，齐聚拢来。八哥得人捧场，吹得更加起劲，曲调译成歌词，就是："亭亭白桦，悠悠碧空，微微南来风，木兰花开山岗上，北国之春天，啊……"吹到后来，乱了套，一句赶一句，逗得家人哈哈大笑。

《北国之春》，这是一首日本谣曲。年轻时误入日语专业，毕业后搞过多年翻译，但我对东瀛邻国一向没有好感，而后断然放弃，近年，几乎和日语绝缘。唯独这首《北国之春》，很对我的脾胃，经常挂在嘴边哼。八哥它听久了，听惯了，耳熟能详，习惯成自然，终于激发灵性，出口成调。

八哥由是身价倍增，家人团团围着它转。夫人负责供应美食。儿媳负责清洁卫生。敝人负责教学兼遛园。女儿周末从大学回来，也煞费苦心地教它英语。

以后进公园，我专门拣热闹的地方挂。八哥胆大，不怕人。人越起哄，它越来劲。它会学儿童奶声奶气地叫"妈妈"，会学成人一本正经地说"恭喜发财"，还会学金发碧眼的洋人说"How are you"！

人以地位贵，以财富骄，以学问傲，寂寂无闻的我，如今却因一只八哥而迅速蹿红。走在社区，经常有人以介绍明星的口气，说：这就是那只八哥的主人。哈，曾有一位在公园遛鸟的老爷子，提出要以高价收买我的娇客。我干而脆之回答他：没门！

如是快快乐乐地过了一个初夏，又一个盛夏。进入秋季，家人打算集体出游，回苏北老家。问题是：八哥怎么办？带走吧，因为是开车上路，一车五人，正好坐满，没它的位置。搁在后备厢吧，又怕缺少空气，途中闷坏。想来想去，决定把它临时寄托别个家里。我们选择了家住回龙观的王大武。他是位业余歌唱家，八哥跟了他，歌喉有望更上一个台阶。

人回到了苏北，一颗心还系着宠鸟。打电话给王大武，他说怪了，八哥自从到咱的家，既不讲话，也不唱歌，整天哑巴一个。哪能呢？

敢情是认生吧。我对大武说:"你把鸟笼拿近话筒,听我的。"我深吸一口气,借着渺渺电波,缓缓吐出信号。我说:"你好!"八哥略显迟疑,也说:"你好!"我说:"白日依山尽……"八哥这次没有犹豫,立刻应声朗诵:"白日依山尽,黄河入海流。"我在这头引吭高歌:"亭亭白桦……"八哥随即在那头亮开金嗓:"亭亭白桦,悠悠碧空……"

好一个灵鸟!

"怎么样?没骗你吧?好好训练,回京后面谢。"我对大武说。

半月后回京,行装甫卸,迫不及待地抄起电话,询问八哥近况。

话那头没有回音。又追问了一遍,才传来支支吾吾的回答。大武说:"八哥它不见了。昨天,连鸟笼一起,被人偷走了。"

什么?你说什么?我握着话筒,反复端详,似乎它是假的。我想断定大武是在开玩笑,他的幽默天才是出了名的。沉默片刻,我又小心翼翼地发问:"你说,八哥它,真的丢了?"

"真的,没骗你。昨天早晨,我带它去回龙观公园,挂在湖边。后来我去教一帮人跳舞,舞跳完了,八哥也就丢了。"

等等又说:"找了一整天,发动很多人。唉,到现在也没找到。"

话筒离开耳际,悬在半空。人僵在那里,半晌没有动作。胸腔空空落落,闷,而且疼,隐隐的。这感觉,有点像雅典奥运会,赵蕊蕊上场,首次起蹦就咔嚓一声骨折,遗恨下场;又有点像王克楠最后一跳,扑通栽在水里,痛失唾手可得的金牌。

遗憾哪遗憾!我的八哥!我的心爱!

比之为失恋,也一点不过分。心血被抽干了,躯体苍白而枯槁,情感变得失重，行若游魂，坐若僵尸——世界一片迷茫。女儿觉得我三分可怜，七分可笑，为了帮我渡过难关，就给我电脑安装了一种玩牌软件。她了解我除写作之外，最迷的就是打牌。京城没有牌友，常常飞到外地寻伴。这下好，网上有的是搭档，一天二十四小时，都有人陪你厮杀。那是怎样的一种昏天黑地！最疯狂的一次，连续战斗两天一夜，如痴如醉而又失魂丧魄，血脉偾张而又百无聊赖。

事情明摆着：照此下去，健康会毁掉，写作也会丢掉。写作之于我，固然算不上伟业，至少也是爱好吧，也是愉悦吧，走到这份上，半途而废，岂不是大大的失算。于是，决意"戒毒"：远飞深圳，彻底离开电脑，离开网上牌戏软件。

从深圳回来，鸟恋和牌恋俱已冷却。虽说往事并不如烟，毕竟隔了重重叠叠的回忆之门，痛苦业已淡漠，冲动业已缓和。说话到了国庆节，与家人同游塞上草原。回程，途经昌平，逛花卉市场。买下一盆名"五子登科"的凤梨，正待往车上搬，迎面突然传来熟悉的招呼："你好！"

谁？谁在和我讲话？四面张望，不见人影。女儿最先反应："爸爸，是八哥！"

八哥！啊，我的八哥！它竟然是在这里，在临街的一株槐树上。当然是待在鸟笼。当然那也是我的鸟笼。它被人挂在街头，看样子是打算出售。树下站着一个小伙子，一头赤发（显然是染的），配上蓝夹克，白长裤，如果换个场合，我会把他当成帅哥，先锋靓仔。但现在我拿准，他就是盗走我八哥的窃犯，至少，是嫌疑犯。

我想打 110 报警，夫人阻拦，她说："多大的事？不就是一只鸟，值得让警察跑一趟！"按她建议，我到商场找了两位保安，请他们出面做我的证人。

于是，我领了两位保安以及我的家人，围上那位在街头卖鸟的赤发仔。单刀直入，我问："你这鸟是哪儿来的？"

"哪儿来的？"赤发仔白我一眼，"自家养的。"

"不对，你这鸟是我的！""连鸟笼也是我们家的。"女儿帮腔。

"你们家的？"赤发仔阴险一笑，"你说是你们家的，你有什么证据？你能把它叫应？"

"当然能。"我说。我清了清嗓子，对八哥说："你好！"

八哥朗声回答："你好！"

我对保安说："你们听，它是我教的，口气和我一模一样，不完全是普通话，带有苏北腔。"

保安疑疑惑惑，光凭这点，他们还不能断定。

"得了吧您啦，"赤发仔说，"您这么大年纪，还平白诬陷人。告诉您，这鸟是我爷爷养的，它模仿的也是我爷爷的口音。"

无意中当了赤发仔一回爷爷，不过我并不觉得沾了多少便宜，我才不要当他的爷爷。"你晓得它还会讲什么？"我问。

"不，不知道，这要问我的爷爷。"赤发仔口气变软，他心里发虚，发毛，这我听得出。

"你家住在哪里？是昌平镇上的吗？"我步步紧逼。

"管得着吗！"赤发仔伸手去拿鸟笼，准备开溜。

"别走！"说话间已围上很多看热闹的。我向大伙说："这鸟是我的，我能证明。请大伙做个证。"

我跟八哥说："How are you！"

八哥亮翅："How are you！"

我跟八哥说："靠恩你切娃！"（日语你好）

八哥点头："靠恩你切娃！"

我起调，唱："亭亭白桦……"

八哥应声高歌。歌声赢来热烈的掌声。一曲甫尽，众人大声起叫："还会什么？让它给我们表演！""贼精，比鹦鹉还刮叫！""应该让它上晚会，上中央台春节晚会！"

末了即出绝招。我向众人出示记者证，让他们看清我的名字，然后走近八哥，拿食指戳着自己的鼻梁。

八哥热情地呼叫："老卞！老卞！"

哗！人群中爆起哄笑。"神了！您是怎么教的？""您这可是宝贝哇，这辈子我是头一次见！""您卖不卖，出多少钱，我也要了！"

……

"卞老师，您还等什么？既然是您的，您就拎走吧！"在一片哄闹声中，我请来作证的两位保安之一，做出了最终裁判。

哦，可是赤发仔呢？可是那涉嫌盗窃我宠物的小伙子呢？我在人丛中寻觅，不见他的踪影。儿媳说："还找什么？人早撒丫子颠儿了！"

周从尧： 数学之缘

万物皆数。

从文学的角度看，每一个数学家，都有他命定的数。欧几里得的千古之名在于几何。祖冲之的百代流芳在于圆周率。牛顿倘若不精通数学，即使被下落的苹果砸昏了头，也不会悟出万有引力。同理，高斯如果不是发明了"高斯算法"和"高斯函数"，焉能被誉为"数学王子"。今人想到希尔伯特，想得最多的，无疑是他的二十三道千禧难题，以及数学般刚绝的自信："我们必须知道。我们必将知道。""书痴"陈景润之所以摇身一变，跃为家喻户晓的偶像，全在徐迟先生登高一呼的《哥特巴赫猜想》。

周从尧是为数学而生，这是天赋，是上苍的私相授受。

上苍不仅给了他天赋，还给了他相应生长的土壤。

那是一个小地方，江苏省阜宁县东沟，乡镇一级，名不见经传。

周从尧进的是东沟中学，学校小，资源差，但他碰上了潘秉杰，例外的奇才——放牛娃出身，小学没毕业，自学，一路从初一代课老师直到高三数学教员，东沟中学的教导主任。

在潘老师的调教下，从尧初中就崭露锋芒。

1962年，北京举行高二高三中学生数学大赛，最后一场决赛，是好中选好，优中选优，难度系数因此也特别大。华罗庚（竞赛委员会主任）预言："谁能考进60分，就有希望夺得冠军。"

结果出人意料，六十五中高三学生唐守文，一举蟾宫折桂：考出了86分！华罗庚喜出望外，特意在家里宴请小唐，以示嘉奖。

华罗庚不知道的是，远在千里外的东沟中学，初三学生周从尧，此套试题也能考出60多分！

高中，整体起飞。当地土话讲："兵怂怂一个，将怂怂一窝。"反之亦然："学生强强一个，老师强强一班。"从尧是一九六五届，他考进了清华，是东沟中学当年考进清华的七人之一。加上一九六四届六人，遂为十三人之一。但是，进数学系，而且执着终生，步步踩在命定的数上，则是唯一。

大学毕业分配到湖南西洞庭湖农场，人们领略了他的数，体力加毅力的数：

吃饭，一顿能吃十七个馒头。

挑担，能挑三百六十斤。

插秧，有同学戏称"插秧机"。

得其所哉！是在农场再分配之后，从尧进入了湖南计算技术研究所。

倘若把从尧比作冰山，世人只晓得他露出海面的部分：获奖专业户。国家级的，有全国科学大会奖、国家科技进步奖；省部级的，六项，具体名称略；市级以下的，举不胜举，犹如家常便饭，手到擒来。

世人不晓得的，自然是海面下的部分：理论数学研究。这是他的挚爱，也可说是天宠。那些年，他在纠缠华林猜想。

这是十八世纪的老问题，祖父的祖父的祖父级的了。我国参与研究的，前有华罗庚，后有陈景润，而且都取得了阶段性的成果。1982年，从尧的研究又深入了一步，但是，人算不如天算，在公布时间上，比印度某学者晚了一步——科学研究没有亚军可言，他只有继续潜回水底。

那年月，我和从尧俱分配在长沙，是以知之甚详。尔后，我回到北京。再尔后，从尧退休，也搬来京城长住。我俩谈得最多的，是文学。维尔斯特拉斯说，一个没有几分诗人气的数学家，永远成不了完全的数学家，信然。当然也常常谈到数学，对我而言，是补课，是扩展，活用维尔斯特拉斯的话，则可写成：一个胸中无"数"的作家，也永远成不了完美意义上的作家。

光阴荏苒，我俩俱进入了暮年。听他说仍在与数学拔河，权当是惯性作用吧，我以为，就像我，尽管记忆衰退，文思枯竭，每天依旧写写画画，自得其乐。

直到有一天，那是 2019 年 6 月，从尧告诉我，他在《中国科技论文在线》发表了一篇论文，关于同余数的，获得同行很高的评价。我问怎么个高法，他给我看原文：

"作者首次发现并用初等方法证明了当今最实用的同余判否定理，而不用 BSD 猜想。证明过程新颖别致，在理论上具有很大的创新……是一篇不错的数论理论研究方面创新性科研论文。"

注意这几个字眼:"首次发现""新颖别致""创新"。

这使我吃惊。

哈代说过,数学是年轻人的游戏,他说这话时已垂垂老矣,正在撰写不无伤感的回忆。也许有例外(那是上苍的特权),但大体不会错,所以菲尔兹奖有一项硬性规定:得主年龄不得超过四十岁。

从尧此时,已经年过古稀。

记起一个镜头:

数学之外,从尧喜欢绘画,继承的是他祖父的基因。也喜欢散步,出于健康的本能。他住在二环内,常常沿着大街小巷,边走边思考。这泼街的人,谁也不认识他。他也不需要认识谁。某日,我乘车经过安定门,瞧见他在人行道上挺胸昂首,大步流星。其时,我盯着他的白发,那真是白,雪一般的白!而后,又盯着他快速远去的背影,那真是快,风一般的快!这不是绘画,不是摄影,而是——数学!最纯粹,最明净,不带一丝功利的数学!

随后,好消息不断传来,他连续抛出了五篇论文,收获了多次赞美。

最后一篇,也就是第六篇,发表在 2021 年 3 月,题目是《费玛 - 管训贵同余数判别定理的重大改进及十个新算法》,众人突然噤口,万籁无声。这是因为,他的六篇论文,包括了二十五个以上的定理、一个判别准则、一个新函数、两个公设、十个新算法。可以说,在这个方向上,他已攀登到相对的高峰,再往上,看不到路了。从尧虽然一次找到十个新的算法,比德国的数学权威查吉尔更胜一等,解决了众多类型的同余数计算；但是他也发现，更多的难解之题接踵而来，这个王国，好像是一个宇宙，无边无际。同行——自然也都遇到了新的烦恼——不知究竟要如何表达才好。

等待，唯有等待权威的裁判。

从尧没有空等，他抓紧写了一本小册子——《千年难题同余数的前世今生》，意在科普，意在惠及众生。

我忽然想到了俄罗斯数学家佩雷尔曼。这是个奇才，他破解了另一个千禧难题庞加莱猜想，并因此获得菲尔兹奖。更奇葩的是，此公拒领百万美元的奖金，宁愿身居陋室，过着颜回式的日子，潜心于数学。

有人说他傲慢。有人说他矫情。有人说他缺心眼。一家报社的记者前往采访，他闭门不见。记者只好在门外发问："您为什么放弃巨额奖金？"此公透过门缝悠悠抛出一句："我应有尽有，什么都不缺。"

这故事是从尧告诉我的。

他当然不是佩雷尔曼。或者说，他还没有到达佩雷尔曼的"化境"。

那么，他正处于人生的哪一个维度呢？

一瞬长于百年

难以估值生命中的这一瞬。天，已不复一瞬前的天，地，也无复一瞬前的地；山，在潜移，水，在默化。变，变，变！宏观如日月星辰，中观如芸芸众生，微观如尘埃草芥，无一不处在变化的漩涡。正如阳台上的巴西铁木，再也吸收不到一瞬前的阳光，你是不会再吐纳一瞬前的空气。顿足也罢，狂歌也罢，怒也罢，愁也罢，刚刚逝去的那一瞬，已带着她的全部不动产愈飞愈远，你甭想能追上她的脚步，就像太阳注定走不近她自己的影子。

你是没有生在远古，也没有生在中世，你就生在今天，生在此际，生在这一瞬。这瞬间的连环，组成了你生命的长链。你和宇宙中万有共享这一瞬间的资源。这样想时，生命赐予我的这一瞬，变得如此丰富又如此漫长。这样想时，斗室刹那间光焰腾腾，每件家具、每块砖、每寸墙壁，都在争着向我献策，表达的都是同一主题，如何用长绳系住白日。呵！谁说土木砖瓦、钢筋水泥是无生命的构件？

这一瞬，这联系昨天却永远无法挽回昨天，这通往明天但使用不当而断送明天的一瞬。此刻，我正与这方斗室共享，与楼上楼下认识不认识的住户共享，与邻座、邻座之邻座以及全城的建筑以及大千世界所有的建筑与其中的所有共享。

从窗口望出去，从前面这条街道望出去，从这座城市这个国家望出去，你看见了什么？呵呵，好多好多的人，跑的，跳的，打的，闹的，笑的，哭的，大智的，大愚的，创造的，破坏的，成功的，失败的……对不起，不管你乐意不乐意，他们此刻都与你我肩挨肩地拥挤在同一条时间之河。

所以我不明白，为什么有人常大喊寂寞？真实是，就在你长叹冷清孤单的当口，万类都在你头顶竞飞，万籁都在你耳边争鸣，万象都在更新着世界也在更新着你的每一根毛孔；你可以有挫折，有彷徨，但你永远不会有寂寞，只要你把目光从眼睫毛上，稍微移开那么一点点，一点点。

对，这是跟大千世界同样真实同样贵重的一瞬。这一瞬不属于昨天，不属于明天，只属于眼前，只属于你我。现在，你与我的共同任务，不，毋宁说使命，就是如何抓住这活蹦乱跳却又稍纵即逝的一瞬。抓住了她，就能赢得一个真凭实据的存在，就将获得向下一个她挑战的资格，甚至能掌握决定自己乃至人类命运的杠杆。这话说大了吗？没有。有多得不能再多的事实为证。你应该听说或是记得，正是在这样一种短得不能再短的瞬间，茹毛饮血的远祖觅得了火种，哥白尼悟得了地球绕太阳旋转，爱因斯坦创造了相对论，阿姆斯特朗在月面踩下了地球人的第一个脚印……

呵，沐浴在平凡的这一瞬，遐想长于百年的那一瞬。这一瞬不比那一瞬，当我奋臂，当我劈浪，那一瞬便包含这一瞬。那一瞬不能容许懈怠，那一瞬疾恶如仇，她报复所有浪费这一瞬的娇客，用的就是世人最伤心的失败和悔恨。她热烈崇尚创造，并在创造里凝铸为永恒。她，地球上的"天使"，用火热的双臂，只把善待她者举到理想的殿堂。